U0000911

逆旅：一個關於謝雪紅的單人旅行

Self Re-Quests

詹傑 編劇作品

二〇一一年 台灣文學獎劇本金典獎

台灣文學獎評語

《逆旅》文字及戲劇人物真情流露，文采洋溢，極佳作品，是一位行家，藝術抱負高。

——馮翊綱（相聲瓦舍團長暨藝術總監）

《逆旅》這篇作品實在非常特殊，文字技巧、編劇技巧、主題掌握，文學層面也不錯，相信演出時應該也很有感染力量。

——鍾明德（戲劇學者）

《逆旅》是個非常富詩意的作品，許多意象的運用細膩且準確。剛開始像是處理政治主題，其實寫的是小人物細微處，反而讓小人物變得不平凡，非常動人。主要角色塑造很感人，海安這個女性，反襯出謝雪紅作為一個人，一個女性的另個層面。

——周慧玲（國立中央大學英文系所教授）

目次

特別收錄—幕後製作相關

從互為彼此生命眉批的三代（女）人，側擊台灣的歷史情感的逆旅

文／周慧玲（國立中央大學英文系所教授）

擔任劇本競賽的評審是件讓人低頭歎息的苦差事，因為劇作不是用來讀的，是用來演的。初讀《逆旅》，看到劇本第一頁曹海安嘴裡蹦出謝雪紅三個字，一度令人神經緊繃，深怕又是一篇政治正確的敗筆。然而從第二景開始，海安失聯多年的女兒Vivi站在陷入昏迷的海安床邊，努力想從那張安靜的臉龐讀懂她已然陌生的母親開始，我便昂立引頸地期盼著，Vivi究竟要怎樣從海安的日記和海安參與的謝氏傳

記眉批裡，拼湊海安（甚至謝氏）看似不平凡卻又一無所成的女人的一生？自從那刻起，我看著《逆旅》一路從得獎到搬上舞臺又到如今再出版，無論如何修改，只愈動人地從一個平凡女人曹海安臨終的安靜臉龐上，映照另一個過度被政治化與傳奇化的謝雪紅的面容，讓彼此都變得更平凡也更有人的溫度。

作者稱《逆旅》是一個關於謝雪紅的單人旅程。更具體說，它是一部關於三代人互為彼此生命眉批的故事。歷史人物的傳奇性也許容易入戲，歷史裡政治人物卻很難寫，因為作者太容易露出自己幼稚的政治見解。《逆旅》作者技巧地從一個他最熟悉的「閱讀」行動下手，設計了彼此陌生又關連的三個女人：謝雪紅、《謝雪紅傳》的合撰者曹海安，和自認被海安遺棄的女兒Vivi，讓他們在閱讀彼此生命的歷程中，成為對方日記上的眉批。

故事開始於戒嚴前的台灣，應該安穩過日子

的曹海安，幫一個辭去大學教職的歷史學者張崇輝，準備撰寫當時仍視為禁忌的謝雪紅傳記。他們在拮据的角落，啜飲一杯曼特寧，熱情地閱讀謝雪紅，安靜交換對彼此的澎湃，十足的小確幸背後，是解嚴前夕的台灣，人們處心積慮攢積一點自我的小浪漫。不過作者並不耽溺於此。第一場裡被傳記人物啟發的家庭主婦曹海安，第二場來到生命尾端，最終只落得截然一身入院，一生的故事盡藏於床下的一只皮箱，上了鎖等待知音人猜中密碼重新開啟。自此，海安的故事和她眼裡的謝雪紅的故事，都要由不瞭解她（們）的女兒Vivi和後來畏縮離台的昔日戀人的兒子士允，從她（們）的日記與傳記眉批中，從她（們）臨終的面容變化裡，細拆密縫，重新拼湊。

　　劇本的精彩之處，在於劇中人物在閱讀彼此的過程中，讓自己和對方，短暫地合而為一又迅速分開，即彼此依靠又各有性格。例如，謝雪紅回憶幼年的自己的姓氏像「衣服一樣縫在我身

上。我低頭發現，世界，也不過就是我腳底踩的一小塊地」，喚起了曹海安和姊姊海寧（隱喻謝氏的二姐）和後來的單親女房東「一世人做別人媽媽和做別人的某，攏袂記做自己是啥滋味？」的共鳴。劇本的結構，自此讓劇中所有的女性，都因為曹海安撰寫謝雪紅，而互為彼此了。謝雪紅的旅程，也成了她們的旅程，就像Vivi想像母親怎樣在火車站等者張崇輝卻等來讓她下獄的警察，看似理解了海安當年等待的，未必是張，而是一個真正可以掌握自己未來，不再害怕的曹海安。劇中的高潮之一，當是第六場謝雪紅的單人旅行之二「世界」，扮演海安，房東，Vivi的三個演員，同時閱讀謝雪紅，並在閱讀中回顧自己的遭遇。當讀者觀眾快要被這群昔日的家庭傀儡的眼淚窒息的時候，劇作家不忘給我們片刻的莞爾。例如，劇中曹海安的姐妹淘對謝雪紅的好奇，非關政治革命，卻是「聽說謝雪紅是台中第一個會騎腳踏車ㄟ查某人！每一次出門騎車，

久，去到更遠的地方。」一旦它們的順序如《逆
旅》般顛倒，觀者得到的歷史情懷，同還是不同
呢？

關於一個名叫謝雪紅的女人

文／詹傑（編劇）

誰是謝雪紅？

她擁有好幾個名字，有時是手足間暱稱的臭頭仔、有時是父母祈求誕下男丁的假女、有時是被賣作童養媳的洪素蘭，其後她的生命去到更加寬廣地方，謝飛英、吳碧玉、Kurcahoba、山根美子，每個名字都代表一段或高或低的人生冒險，最終加總成一個我們難以想像的旅程。

在什麼都無法久留的遺忘世代裡，她最被眾人記得的名字是謝雪紅，是彼時台灣共產黨的創建者之一，被稱作「台灣第一位女革命家」，也是在二二八事件中，率領台中二七部隊對抗國民

政府的組織者。然而也是這樣複雜、備受爭議的身分，讓人們各自解讀她，「統派會認為她是統派，獨派會認為她是獨派」，還有更多是懷疑她女性身分和不識字的人說：「她一個女人，受教育又不高，為何能夠領導我們？」。在陳芳明教授所撰寫的《謝雪紅評傳》裡，對她如此評價道：「如果台灣是一個被壓迫的象徵，那麼謝雪紅是少有的幾位現代政治人物中能夠體驗被壓迫的意義。因為，她同時承受了男性沙文主義、帝國主義、資本主義，以及中華沙文主義的壓迫。」

　　然而所有故事的源頭，是從一九〇一年出生在彰化鄉下貧困家庭的一個小女孩開始。在那個女性名字猶要加上別稱的年代，小女孩「謝氏阿女」自幼父母雙亡，無力撫養的哥哥姊姊把她送到別人家當童養媳，其後又被騙嫁為妾。頗有姿色的謝氏阿女，跟隨所依附的男人張樹敏，在一九一七年前後前往日本神戶，接觸到當時正要

開展的社會主義思想。一九一九年，謝氏阿女在五四運動時期的中國上海，認識了俄國十月革命，她見到一張黑白照片，想像著照片中噴濺在白雪上的革命鮮血，隨即她興沖沖跑去刻了一個姓名印章。連字也不認識的她，給自己重新取了名字「謝雪紅」。那是謝氏阿女人生重要的轉捩點，她渴望讀書識字，渴望像她所見過的那些街頭抗議的大學生般，大聲喊出訴求。可惜事與願違，很快便席捲而來的戰火，終究讓謝雪紅沒有念上書，卻讓她意外加入了共產黨，被送往莫斯科受訓，畢業後隸屬日本共產黨組織，準備要在殖民地台灣建立新的社會願景。

　　謝雪紅算過，她這一生搭過十八條船。三十歲之前，她從彰化鄉下，一路前往日本神戶、青島、杭州、上海、莫斯科，去到彷彿無邊無際的貝加爾湖，想起年輕時一度自殺未遂後，日本警察寬慰她的話語：「出去外面看看，世間是廣闊的啊。」在那個困乏年代，謝雪紅的移動和遭

遇，透過她的堅韌生命力，完成我們幾乎無法想像的歷練。同樣也是在那個動亂大時代，三十歲之前，謝雪紅兩次入獄，在社會運動的現場，她曾在眾目睽睽下，堅持不上手銬被押往法院受審，也曾在監獄裡受盡刑求，被用小木棍壓指尖、針刺指甲縫、灌涼水、用棍子打腿，甚至被剝光衣服，用點燃的香菸燙乳頭。

一九四〇年，在歷經九年監禁後，因罹患肺炎奄奄一息的謝雪紅，獲准由家人領回等死，卻再次頑強地活了下來，還開了一間名為三美堂的百貨店。儘管受到日本警察監視，好不容易過上安穩日子的謝雪紅，卻還在暗中積極想重建台灣共產黨。一九四五年日本戰敗，國民政府收回台灣，卻在兩年後發生了二二八事件，謝雪紅組織民眾，率領百人武裝團體二七部隊對抗殘酷鎮壓，終究不敵。謝雪紅在國民政府全台通緝下聲名大噪，倉皇逃往中國的她，原以為透過中國共產黨可以很快收回台灣，完成台灣人民自主當家

的美夢，卻在大時代的變局下終究落空，留下她在政治舞台上的最後身影。

爬梳史料，一九四九年十月一日，因應新中國成立而舉行的中華人民共和國開國大典，做為台灣民主自治同盟代表，入選第一屆人民政協會議成員的謝雪紅，受邀出席該典禮，合影照片中，她就站在毛澤東身後。然而當中國共產黨發現因美國介入，奪回台灣無望，這時謝雪紅高舉台灣人自己當家作主的主張，就顯得格外刺耳，讓她一路失勢被貶。更讓謝雪紅沒料到的是，晚年的她在中國落魄受辱，文化大革命期間她被冠上右派罪名批鬥，遭到紅衛兵壓跪在地，搭配照片的新聞標題寫著，「永不低頭的謝雪紅終於低頭了！」

生命像是一場殘酷的玩笑。年邁的謝雪紅萬分感嘆，發現對待自己最狠毒的，竟是她視為夥伴，並為此奮鬥一輩子的共產黨。

最後的口述記錄：《我的半生記》、《我的回憶》

　　對於謝雪紅來說，生命低谷裡的小小救贖，也許就是小自己七歲、相伴半生的楊克煌。出身世家、受過良好教育的楊克煌，崇拜謝雪紅，視她為革命前輩，即使知道了謝雪紅寫字難看、識字不多，卻依然願意成為她的左右手，一路扶持。二二八事件爆發後，楊克煌留下妻女，跟著謝雪紅前往中國，顛沛受打壓的兩人一度被迫分開，於生命末段才又重逢。那時謝雪紅身體大不如前，楊克煌因為中風身體多有障礙。一九六九年年中，謝雪紅開始口述自己一生，交由楊克煌寫下，一路寫到隔年十一月，直到謝雪紅病逝於北京醫院才嘎然而止。故事斷點正巧是謝雪紅的人生半程，亦是她將與楊克煌相遇前夕，因而題名為《我的半生記》。此後近八年時間，不良於行的楊克煌獨自整理遺稿，同時憑藉回憶寫出了《我的回憶》一書內容，將他與謝雪紅離開故鄉

台灣前的事蹟留下，完書後不久也離世。

這兩份書寫記錄，建構出另一個截然不同的謝雪紅形象，諸如謝雪紅提及自己是台中第一個會騎腳踏車的女人，每次出門騎車要去教裁縫，路旁總有人圍看。這兩份書稿在楊克煌過世後，楊克煌在台灣的女兒楊翠華，被通知前往領回遺稿與骨灰。然而對於楊翠華來說，父親的存在如此稀薄，她只記得父親離家前那個清冷早晨，年幼的她和父親沉默走著，半路父親要她回家去，然後便獨自消失在濛濛霧靄中。楊翠華記得，父親一次也沒有回頭看她，再有消息，已是四十年以後。

是否出版遺稿，於楊翠華來說也是一個艱難決定。父親走後，家人遭受牽連，一路長大她始終背負著指責和汙名，謝雪紅對她來說也許更像是一個搶走父親的女人，壓根不是什麼革命英雄。

一九七〇年十一月五日，謝雪紅因患肺癌病

逝北京，終年六十九歲。她不是死在病房裡，而是醫院的走道上。多年後，楊翠華最終選擇出版《我的半生記》與《我的回憶》，留下了更多關於謝雪紅和她父親楊克煌的故事，讓讀者有機會，記憶或者更接近關於謝雪紅，也讓我的劇本書寫，有了人物血肉的基底。

創作自述：關於劇本的創作旅程

文／詹傑（編劇）

選擇以爭議人物謝雪紅作為劇本題材，某個程度來說，也是對我自己發起挑戰。

作為修習三年的研究所課程尾聲，畢業劇本有時就是人生最後一個劇本，其後為討生計，無數的舞台劇編劇就踏上了不同生涯。因為可能是最後一個劇本，我花了非常長時間思考並尋找題材，想要寫關於我們身處土地的故事，此時我看到了公共電視拍攝的紀錄短片《台灣百年人物誌【第貳季】謝雪紅、楊逵、吳三連》。非常耐人尋味的是，幾乎所有人都對謝雪紅頗有微詞，而他們陳述的話語，卻又反過來映照著他們自身的

思考立場，左派、右派、男性本位主義，然而神祕的謝雪紅究竟是誰呢？

帶著這樣的好奇心，我開始埋首研讀所有可以找到資料，然而半年過去，謝雪紅依舊是個形而上的名詞，而非具有真實血肉的人物，直到我尋得出版歷程如此曲折的《我的半生記》、《我的回憶》。在生命尾端，謝雪紅一字一句告訴身邊楊克煌關於自己的故事，那些說與不說的取捨，那些隱藏在話語裡的心情，讓我首次有機會探得謝雪紅的內在，還有做為一個革命份子之外，作為人的軟弱和渴求。

寫一個關於台灣土地的故事

蝸居淡水一整年的時間，我每天都散步，走很長的路，只有自己和這個故事。我探問自己，我應該不是只想把謝雪紅的真實人生寫成劇本，一如回憶錄書中寫到「人生應是不斷探求真理的

旅程」。我所閱讀、拼湊，並且受到吸引的謝雪紅形象，亦如一場旅程般，問著，那你想往何處去？為了回應此一提問，我創造了角色Vivi、張士允、曹海安、曹海寧、梁國威、張崇輝，他們都因一本謝雪紅傳記有了交集，並且去到了不同生命境地，有人軟弱、有人放棄、有人追尋、有人痛苦，也有人失去一切卻又重新找到自己。謝雪紅作為一種精神旅程，跨越了三個世代，展示了三種自我追尋的女人樣貌，她們都在自己的旅途上。

在劇本的書寫形式上，我參照了喜愛的英國導演史蒂芬・戴爾卓（Stephen Daldry）影像作品《時時刻刻》（The Hours，二〇〇二），得到更進一步啟發。改編自麥可・康寧漢（Michael Cunningham）同名小說，藉由作家維吉尼亞・吳爾芙（Virginia Woolf）的創作《戴洛維夫人》（Mrs. Dalloway），連結三個不同時代的女人，一人寫、一人讀，另一人宛如戴洛維夫人般，汲汲

營營地籌備一場盛宴，彼此產生了神祕感應與跨越時空的內心對話。我將此手法運用到劇本故事裡，發展出三個女人的生命回溯旅程，同時擁有相互承繼的關係。

劇本中曹海安的角色原型與現實情節故事場景，取材自兩年多前我偶然買下的一本攝影集《死前活一次》。貝雅特 · 拉蔻塔（Beate Lakotta）與華特 · 謝爾斯（Walter Schels）將長年在臨終關懷醫院的攝影計畫出版成書，他們拍攝病人剛入院與離世的兩種樣貌，真實反映病人進入醫院與離開之間的諸多故事。那彷彿凝聚了生命僅存的點點滴滴，化作攝影集中生死並列兩張面容，在無聲靜默的黑白照片間，記錄了他們衰頹微渺的最後時光，恍如對人世的臨終一瞥。

我在攝影集中捕捉到一張美麗臉龐，擁有那張臉容的女人，即名為曹海安。真實世界裡的曹海安女士，死時五十二歲，因為越共戰亂輾轉逃亡到德國，當她踏上異鄉的土地時已一無所有，

不明白何以生命給予她如此龐大的孤獨。我在真實曹海安的人物形象建立起虛構角色，並安排攝影師士允一角，記錄並陪伴她的最後時刻，同時透過所拍攝的兩張照片，將整個尋找故事含藏其中。故而，劇中角色士允對攝影有如此定義：「我幫每個病人都拍兩張照片，他們進來醫院的時候，他們離開醫院的時候。……第一張照片隱藏話語。第二張，說出一切。」隱隱呼應著整個劇本的形式架構。

從劇本到舞台，排練場的二次書寫

原以為是人生最後一個劇本的《逆旅：一個關於謝雪紅的單人旅行》，在二〇一一年有幸獲得台灣文學獎劇本創作金典獎，並透過評審之一的周慧玲老師介紹，得以讓創作社劇團製作此戲。從紙本故事到舞台正式演出，在排練場裡的二次書寫，是讓此劇本邁向更成熟模樣的重要一步。

感謝彼時創作社的負責人李慧娜，以及周慧玲老師，替我尋得導演徐堰鈴，以及謝瓊煖、呂曼茵、張詩盈、雷煦光、李明哲一班實力堅強的演員。身為編劇，我待在排練室的時間很多，透過和導演、演員的工作，我修改了一定幅度的劇本，同時透過演員目光，重新修訂了角色的話語和諸多反應。這樣二次工作劇本的模式，帶給我創作上很大啟發，尤其是針對從文字到舞台的搬演性，有了實際的操演，還有桃園、台北兩次的完整演出，觀眾給予的回饋，都讓《逆旅：一個關於謝雪紅的單人旅行》更加完整。

在時報出版此劇本的二〇二一年當下，回望這個十一年前創作的劇本，即便還是可以感受到很多青澀之處，但我仍能清楚記得那段淡水的創作時光，無比奢侈，單一而專注的日子。而今，重讀謝雪紅的故事，依然可以感受來自她的提問，我是否依然走在追尋的路上？

感謝我還留在劇場裡，還在繼續創作。

場景

場景以精簡擺設來表達所在地點，務求簡約。

戲中戲部份僅有簡單桌椅，各物件可藉由劇情，透過聯想與設計產生多元意象。

場與場之間應保持順暢連貫。

角色

曹海安

Vivi

張士允

曹海寧

梁國威

張崇輝

文具店老闆娘

老闆娘的小女兒

女子

老人

男子O.S.

女聲O.S.

時間

二〇一〇年

序場

（「水上組曲」主題音樂起。）

（一個老人坐在舞臺高處的椅子上，望著桌上眼前的稿紙。）

（過了一會，老人緩慢伸出手，開始書寫。）

第一場
改寫《謝雪紅傳》

（昔一九八三年。）

（淅瀝瀝的雨聲，幽幽傳來。年輕海安與張崇輝正在房裡工作著。張崇輝埋首寫稿，過一會，停筆出神思考某件事。海安翻查書籍，在某一頁突然停住，有感而發。「水上組曲」音樂收。）

海安：你想什麼時候，謝雪紅會開始回想自己的
　　　一生？會是一九四七年，她搭船離開台
　　　灣，離開所有故鄉的朋友、家人，再也不
　　　回去的那一刻嗎？

（海安發現崇輝沒有反應，覺得奇怪，好笑又好氣。）

海安：張崇輝，恁睡去啊？

（張崇輝回神，望著海安笑。）

崇輝：你說什麼？

海安：我說你趁我不注意，偷懶睡著了。

崇輝：沒有。只是寫到開國際書局那部分，我突
　　　然發現你跟謝雪紅很像。脾氣都很硬。

海安：我當你在稱讚我。

崇輝：像她這樣一個識字不多的女人，竟然跑去
　　　開書店，還專賣一些大家讀不懂的共產思
　　　想理論書。

海安：這樣大家就都不識字了，很公平。

崇輝：我不曉得謝雪紅什麼時候會回想自己的一
　　　生。但我想，經營書局的這段回憶一定會
　　　留在她心裡。

海安：為什麼？

崇輝：她在那裏遇見楊克煌。

海安：所以你覺得，她會特別記得自己生命裡的
　　　愛情。

崇輝：不只這樣，還包括終於找到能夠理解她、
　　　認同她的人。

海安：如果是這樣，我倒希望我更像謝雪紅。

崇輝：好，（起身，準備往場外走去）我去煮咖啡。

海安：上次不是沒了。

崇輝：啊！（露出懊惱神情）看我這記性。

（海安將自己帶來一小包紙袋遞給崇輝。）

海安：我昨天上街時買的。老闆特別推薦這種豆
　　　子，說是他們自己炒的。

崇輝：（把紙袋湊近嗅聞）這種香味是……（胸
　　　有成竹）曼特寧。

海安：快去吧！

（崇輝向場外走去。）

崇輝：（場外）我下次請小陳幫忙帶西門町蜂大

咖啡行的豆子。他上次還告訴我，有間日
式上島咖啡，塞風（Syphon）煮得很棒，
味道特別好。

海安：我剛剛在你桌上還看到沒繳錢的電費單。

崇輝：（場外）沒關係，水費也還沒。

海安：你的冰箱空得可以當書櫃用，接下來你就
把書當飯吃好了。

（張崇輝拿著兩杯咖啡走進，海安接過其中一杯。）

崇輝：試試。

（兩人嗅聞咖啡香，有種默契十足的片刻陶醉。）

崇輝：（隨意翻閱桌上文件）有咖啡作陪，每個字
看起來都不一樣了。

海安：把吃飯錢都用在這種奇怪地方，就你一
個。

改寫《謝雪紅傳》

崇輝：本來就不是每個人都能體會咖啡的好，就像我們在做的這件事。又苦澀又香醇，讓人格外清醒。

海安：一肚子歪理！我看喝那麼多咖啡也沒讓你比較清醒，辭掉在大學教書的工作，等於要從頭開始，你覺得這樣……

崇輝：（喝了口手中的咖啡，打斷）袂歹！（蹩腳台語）

海安：（喝咖啡，笑著指正發音）袂歹！

崇輝：那如果是你呢？

海安：我又不可能在大學裏頭教書。

崇輝：我是說如果你是謝雪紅，你會去開書店嗎？

海安：（停頓，想）不會。

崇輝：為什麼？

海安：那個時代根本不會有女人來買這種書。就算我賣得再多，她們也看不見。

崇輝：所以你可以辦一個讀書會。

海安：只有女人能參加的讀書會！

崇煇：這麼嚴格！那你們要讀些什麼？

海安：讀……（看了看桌上散開的文件手稿）就讀我們正在寫的這本！

崇煇：要寫完還早！

海安：但我們一定會寫完的。

崇煇：（笑，看著海安）要是沒有你，這本《謝雪紅傳》會少了很多東西。我也不會下定決心，拋開所有煩人的事和束縛，全心全意投入。

海安：你願意聽我的建議改寫整本《謝雪紅傳》，也讓我很驚訝。

崇煇：但我還是沒辦法從一個女人的處境去刻畫謝雪紅，這是你說的。

海安：大家都認為，女人就應該在家裡和洗碗槽旁邊好好待著。（轉變語氣，模仿男人粗野台語）查某人放尿嘛袂上壁，對人做啥米運動。看看她的同伴和敵人罵她的話，幾

乎一模一樣，簡直像用抄的。

崇輝：一個做革命運動的女人，在四十年前是很
難被理解的。

海安：那是一條與所有人相反，漫長又孤獨的
路。

（停頓。）

崇輝：這是她這麼吸引你的原因？抱歉，我付不
出像樣的薪水給你。

海安：至少你可以請我喝咖啡啊。

崇輝：將來等你把讀書會辦起來的時候，你那些
女同學們看到《謝雪紅傳》上的作者有
你。她們一定會很尊敬地喊你一聲，（日
語）先生！

（海安表情一變，氣氛冷了下來。）

海安：我想，作者寫你就夠了。

崇輝：為什麼？

海安：國威和他的家人不會希望我的名字出現在書上。他以為我只是來幫你整理一些資料。

（靜默，兩人彷彿不約而同滿懷心事。）

崇輝：女兒最近怎麼樣？

海安：有時候我會想，如果我不是某個人的妻子或母親，我就什麼都不是……每次整理謝雪紅的一生，寫著她做過的事，我就覺得我也有能力去追求自己想要的。

崇輝：所以這本書寫完以後……

海安：（看了崇輝一眼）我就會回到原來的生活。

崇輝：你很矛盾。

海安：人都是矛盾的，你不也是。

崇輝：我怎麼了？

海安：聽說你訂婚很久了，一直不肯結婚。

崇輝：⋯⋯連你也知道。

海安：你不喜歡她嗎？

崇輝：她很好，只是我們之間，少了點什麼。
（頓）如果有天，你開始回想起自己的一
生，你還會記得這間又小又破的書房嗎？

海安：我會記得這裡的一切。

崇輝：（破台語）那是一個快樂，還是艱苦ㄟ往
事？

海安：⋯⋯應該兩種都是吧。

（外頭雨聲漸小，幾至不可察覺；崇輝彷彿在心裡思
索某事，一臉踟躕不安。）

海安：雨好像停了，我差不多要⋯⋯

（崇輝疾步上前，兩人間片刻寧靜。）

崇煇：……你讀過鄭清文寫的《水上組曲》嗎？

海安：那是我最喜歡的一篇小說。

崇煇：（笑）是嗎？那個每天在淡水河兩岸往返的船夫，一直到最後，都沒有說出心裡真正想說的話。

海安：也是我最討厭的一篇小說。

崇煇：（頓）後來那個岸上的女人就消失了。

海安：就算女人又出現，故事的結尾會不一樣嗎？

（停頓。）

崇煇：會，一定會的。

（「水上組曲」主題曲再次響起。）
（張崇煇溫柔握住海安的手。燈光漸暗。）

第二場
0609

（「水上組曲」音樂漸收。）

（臨終關懷病房。病弱的海安在床上靜躺，沒有知覺。Vivi坐在床邊，張士允站在窗前，望著遠處淡水河。一只老舊皮箱被放在病床底下。）

（病房裡非常安靜，一時無人說話。）

士允：你讀過鄭清文的《水上組曲》嗎？

Vivi：那是什麼？

士允：那天下午她在這裡望著淡水河，突然問我，你讀過鄭清文的《水上組曲》嗎？（頓）這是我們相處了半個月後的第一句話。

Vivi：在那之前呢？

士允：沒幹嘛，我們一整天盯著窗戶外面。

Vivi：你說你正在醫院裡進行一個攝影計畫？

士允：我在國外已經跟一些臨終關懷醫院合作過，這是我回台灣的第一個案子。

Vivi：你在醫院拍什麼？

士允：故事。我拍每個人的故事。

Vivi：怎麼拍？

士允：我用鏡頭聽病人藏在心底的話。

Vivi：不見得每個人都願意對陌生人坦承。

士允：來到這裡，其實他們連自己都覺得陌生。

Vivi：那些病患通常還剩多少日子？

士允：醫院統計過，病人一般都還會有兩個禮拜的時間。有些人運氣不好只有半天，有人可以撐過一個月，甚至出院。（頓）三樓的黃大哥每次看到我，都要我祝他生日快樂，因為他已經多活好幾個月了。

Vivi：你們都這樣講話？

士允：你覺得不太……（尋找某種著形容辭彙）莊重？

Vivi：他們是快死的人。

士允：其實沒人可以說話，是件非常孤單的事。

Vivi：那為什麼你這麼想替我母親拍照，明明醫院裡還有其他病人。

士允：海安阿姨非常特別。她有張安靜的臉，比這裡所有人都安靜。

Vivi：現在她不只是安靜了。

（Vivi望著病床上的海安。）

士允：過一陣子，我想在醫院辦個小型攝影展。

Vivi：你沒有權力這麼做。

士允：我已經徵詢過所有被拍攝對象。

Vivi：那他們的家人呢？

士允：你覺得會冒犯到活著的人？

Vivi：這是一件很私密的事。

士允：所以我們最好當那些人不存在？

Vivi：把他們放在相框裡，一整排掛在牆上就

是記住他們的最好方法？

士允：Vivi你試著這樣想，一張照片它能夠告訴
　　　我們的，其實比我們知道的更多。

（靜默。）

Vivi：我花了這麼多力氣找到這裡，結果跟看
　　　到一張照片差不到哪去。

士允：我不知道海安阿姨還有一個女兒。

Vivi：（惱怒）你想說什麼？

士允：對不起，我沒別的意思，只是很久都沒人
　　　來探望海安阿姨。你出現讓我很驚訝。

Vivi：……我找了她很久，最後我爸才告訴我
　　　她在這裡。

士允：她一定很希望可以看到你。（頓）你還是
　　　預定明天走？

Vivi：我本來是有工作…………

士允：我記得你昨天提過，你是個演員。

Vivi：我們的劇團正準備去國外巡迴演出。

（頓，回應士允的佩服神情）……我只是女主角的排練替身。

士允：真是很不容易。其實你跟這裡的人一樣，一邊等待，一邊和時間賽跑。

（停頓。）

Vivi：再多說一點我母親的事吧，像你剛剛提到的那個…………

士允：你說《水上組曲》？我沒讀過。

Vivi：為什麼她要跟你說這些？

士允：海安阿姨說，那是一個關於等待的故事。男人每天在淡水河兩岸撐船，等著岸上一個女人。我說女人可能也在等船夫出現，她就笑了。

Vivi：就因為這樣，她願意讓你幫她拍照？

士允：可能吧。

士允：她很幽默！她問我住幾號房，說等她走了
　　　我可以搬過來，不要浪費這麼好的景色。

Vivi：她有說過心裡還掛念什麼嗎？

士允：我們相處時間不長，腫瘤很快就壓迫到腦
　　　神經了。

Vivi：我想把她轉到更好的醫院去。

士允：阿姨她已經簽了放棄急救的意願書。

（靜默。）

士允：發病以後，海安阿姨常常問現在幾點了，
　　　她覺得時間開始往回跑。

Vivi：她會痛得很厲害嗎？

士允：（點頭）護士有幫她注射嗎啡減輕症狀，
　　　但陷入昏迷前一段時間她變得很焦慮……
　　　不知道為什麼，一直提到謝雪紅！

Vivi：誰是謝雪紅？

士允：一個和二二八事件有關的歷史人物。（頓）

我google的！

Vivi：為什麼我母親會提到她？

士允：我以為你知道。

（停頓。）

士允：你離開後，海安阿姨的隨身物品怎麼處
　　　理？

Vivi：這行李箱根本打不開。

士允：我想裡面一定放了很重要的東西。

Vivi：她說過嗎？

士允：（搖頭，笑）在這裡，病人會牢牢放在身
　　　邊的，都佔據了他們生命中最重要的位
　　　置。

Vivi：就算是，那也不會是留給我的。

士允：你怎麼知道？

（士允走到行李箱旁，試著調整行李箱上的密碼鎖。

海安微弱呼吸聲進。）

士允：我們再試一次？

Vivi：我已經想不起來任何可能的數字。

士允：那就想，最不可能的。

（稍長的停頓。）

Vivi：試試看0609…………

（士允調整密碼鎖，喀的一聲，行李箱打開了。海安
呼吸聲進。燈漸暗。）

第三場
謝雪紅的單人旅行之一 名字

（白幕上出現《謝雪紅傳》的某一頁文字。不久，字句間緩緩浮現手寫批註。）

（書頁文字：「謝雪紅這輩子坐過十八條船，她不停地移動，恰恰見證她在歷史與生命狀態上的漂泊無依。」）

（批註：「人一輩子活著幹嘛？你也總是學她一臉認真地說，人生應是不斷探求真理的旅程。」）

（以下女子由海安飾演。海安呼吸聲消失。她頓時活力十足、神采飛揚，搖身一變，成了她想像中的謝雪紅。）

女子：（同序場老人書寫位置）克煌，你想他們以後會怎樣記得我？他們會記得哪一個我呢？

（隨著講述，女子化身為謝雪紅的不同模樣。）

女子：小時候，別人叫我「假女（台語）」。三歲
　　　時，坐在阿爸肩膀上。他逢人就說：（台
　　　語）她是我的第三查某仔，是最好命的。
　　　阿爸希望我是個真正的男孩。

（停頓。）

女子：後來，我叫「洪素蘭」。發現原來「人」
　　　也能有價錢，和菜一樣可以被買被賣！一
　　　朵十二歲的素樸蘭花，夜夜擠在廚房角落
　　　刷洗，每天不停工作工作工作，我偷偷地
　　　想，如果能死掉就輕鬆了。世界像一根
　　　針，狠狠插在我的胸口上。

（停頓。）

女子：我還可以清楚聽到，那個叫「謝飛英」
　　　的女人，用盡全身力氣喊著革命口號。
　　　「恁全部攏應該醒過來！嘜做別人ㄟ走
　　　狗！」。在杭州、在上海，踩在飯館餐桌
　　　上，走在遊行隊伍最前面，我用身體掙脫
　　　原來的命運！二十四歲的我，是一隻被放
　　　出來的鳥！世界在我的手裡，渴望走到更
　　　遠、更遠的地方！

（停頓。）

女子：從莫斯科東方大學離開的時候，我有一個
　　　新名字Kurcahoba（基爾莎諾娃），那長長
　　　的音節像首輕快的歌，也不時提醒我像是
　　　一件外套，（俄語）一件外套，像是這降
　　　落於肩上厚雪般的沉重任務。

女子：一九二七年的冬天，我站在世界的前面。

女子：我想把眼睛看到的一切，帶回自己故鄉，
　　　回台灣，建立一個平等社會。

（停頓。）

女子：組織共產黨、反抗日本統治，度過八年
　　　的監禁生活。出獄後，山根美子，やまね
　　　よしこ（Yamane yohiko），這個卑微忍耐
　　　的名字，衣服一樣縫在我身上。我低頭發
　　　現，世界，也不過就是我腳底踩的一小塊
　　　地。

（停頓。）

女子：人生は えず真理の追究を ける旅であ
　　　る。

女子：人生應該是不斷追求真理的旅程。

（停頓。）

女子：我叫謝雪紅。

　　　這是我真正的名字。

女子：（日語）全部。

女子：是所有旅程的起點。

　　　也是盡頭。

（燈漸收。）

第四場
海安與國威

（昔一九八四年，比第一場時間再晚。）

（海安與國威的臥房。）

（國威酒醉，海安一臉無奈不悅。）

國威：小靜呢？

海安：在媽房裡。

國威：你怎麼不問我去哪了？

海安：明天晚上大伯做生日，要跟親戚們吃飯，
　　　別忘了。

國威：我在外頭聽到一些關於你的事。

海安：你不用告訴我。

國威：（搶話）全都是關於你和崇煇。

海安：你可以不聽。

國威：但別人會講。

海安：那我能怎麼辦？

國威：你怎麼不覺得那是你自己的問題！

海安：那你為什麼娶我？你知道我不懂做生意、不想和別人應酬，沒背景，連你媽也從來沒喜歡我！還是你覺得自己被我纏住了，就像媽上次笑著對別人說，我媳婦真有本事，能找到一個這麼有錢的丈夫！

國威：那當初給你錢讓你念完大學，你怎麼沒抱怨！

（停頓。）

海安：前幾天整理房間的時候，我才剛好找到一箱大學時候的書，全都又破又舊。我把它們賣給收廢紙的，結果只換到幾塊錢。

國威：你在講什麼，我不懂你到底在不滿什麼！

海安：每個人都以為我過得很好。

國威：還有，你三天五天往外頭跑，寧願跟那些

不認識的人攪和在一起！我真不曉得，你
那些朋友失業、離婚、生病關你什麼事？

海安：我喜歡跟她們在一起，快樂的時候笑，難
過的時候哭！不像你只會喝酒！

國威：要不是我低聲下氣去求那些老闆把訂單給
我，你能在這裡抱怨？

海安：什麼時候你錢才會賺夠？買更大的房子？
開更氣派的車？死的時候辦比別人更風
光？！然後呢？

國威：所以我應該學崇輝，把工作辭了？你以為
你到處去做那些無聊事情，就能生活？他
教你的嗎？我的錢不是用來養乞丐的！

海安：對！幫那些朋友度過難關，讓她們過好
一點，我覺得很好，我總算也能做點什
麼事！最起碼，崇輝讓我覺得自己很重
要……

國威：（打斷）每件事都這麼湊巧，崇輝本來半
年內要結婚，現在決定不結了。

（國威望著海安。）

海安：我不知道這件事。

國威：可能他正打算跟你說。然後呢？你打算怎樣？

海安：（察覺國威話裡的挑釁）什麼怎麼樣？

國威：（輕佻）他很吸引你嗎？

（海安看上去十分疲倦，轉過身去。）

海安：崇煇很像以前的你。以前我跟你不用講太多，就能了解對方在說什麼。現在呢？你知道我現在喜歡哪本書嗎？以前我們晚上偷跑去看電影，回來錯過了車，就走好長的路回家。現在整間屋子我唯一可以說話的對象，是那本日記，不是你！

（停頓。）

國威：以前？！你以為你還是小姐嗎！算了，只要以後你別再去找崇輝，一切就會沒事。

海安：就會讓你舒服一點？

國威：明天大伯那裏你不用去了。

海安：為什麼？

國威：你本來就不想去，不是嗎？

海安：我是不想，但是為什麼？

國威：媽會帶孩子去。

海安：她說的？

國威：對。

海安：接下來呢？她是不是要你告訴我，我最好先搬出去一陣子，然後識相點永遠不要出現？

國威：你和崇輝的事，已經有很多人知道了，你去會變怎樣？

海安：我和崇輝的事？！會怎樣你告訴我？

國威：還是你寧願讓別人看笑話？

海安：那我一定要去。不然他們會有多失望，他

們就不能逮到機會說，國威啊，我早告訴
過你了，她就是這種女人。

國威：我現在開始有點相信了。

（海安看著國威，彷彿有某種東西正一點一點垮掉。）

海安：你也把我看作是一個低賤的女人嗎？

國威：是你讓自己變成這樣子的。

海安：到此為止了！從現在開始，我再也不會忍
　　　受你們的批評！

國威：不要忘了你是我太太！我累得半死賺錢是
　　　為了什麼？！

海安：太太！你可以去找一個更聽話、專心維護
　　　你的面子的太太！

國威：那你就可以毫無顧忌找崇煇。

海安：對！這樣大家都輕鬆，多好。

（國威用力扯住海安，作勢要打她。兩人瞪著彼此。

國威放開海安，海安坐在地上難過地大口喘氣。）

（燈暗。）

第五場
拜訪老闆娘

（今二〇一〇年／昔約略在一九九二年之後。）

（老闆娘家客廳和老舊房屋閣樓。）

（老闆娘正和士允、Vivi隨意聊天，說到往事，忽然五味雜陳。）

老闆娘：你看哪有這款人啦！自己破病，叫阮攏免去。阮一大陣姊妹，有ㄟ人帶自己煮的鱸魚湯、有ㄟ人帶中藥燉的豬腦，整陣親像進香團去拜媽祖，結果哩，她一項攏嘸呷！尚氣人ㄟ喔，就是講啥米嘸想袂麻煩阮！

士允：你們應該常常來，反正還有我！我可以幫忙吃！

老闆娘：上次害你補到流鼻血，還吃！好，吃啦

吃啦！伊最近狀況怎麼樣？

士允：老樣子，海安阿姨一直沒醒來！所以（示意Vivi）……醫院的志工想來了解一下，看看能不能幫上什麼忙。

（Vivi環視狹小的閣樓。）

Vivi：她在這裡住很久了？

老闆娘：好幾年了，她一直在我店裡幫忙。阮兩人像親姊妹同款。

Vivi：來的時候，就只有她一個人嗎？

老闆娘：不但只有她自己一個人，而且連件像樣的行李都沒有！

Vivi：我可以上去看看嗎？

老闆娘：去去去，歡迎參觀。我跟你說，她剛開始的時候，她一整天講不到幾句話，我還想慘啊，怎麼請到這款閉俗ㄟ來！

士允：那後來怎麼會開始辦社區媽媽教室？

老闆娘：這你嘛知？

士允：報紙和網路新聞都登很大！說有一群媽媽集體翹家，連晚飯都不回家煮！

老闆娘：說到那個記者我就一肚子火！什麼叫媽媽教室？又不是教人炒飯、生仔、做月子！阮嘛是lady，一世人做別人媽媽和做別人ㄟ某，攏袂記做自己是啥滋味？

Vivi：這是她想到的？

老闆娘：這是我ㄟidea！我看伊整天拿書一直看，就想說如果大家可以作伙讀冊，我袂曉ㄟ妳教我，你嘸懂ㄟ我跟你講，大家交朋友、講笑虧嘛好！（頓）後來她開始傳東傳西，整個人像活過來一樣，變得很活潑！想起來嘛好玩，她那間小小窄窄的房間，擠得滿滿攏是四、五十歲的歐巴桑，大家講笑虧，輪流講課，很多人都是頭一次做老師！

（士允注意到貼在窗上的一張相片，隨手拿起看。相片裡，一群女人開心笑著，海安和老闆娘站在大家中間。）

士允：這也是在這裡拍的？

老闆娘：你看，中間最美的那個，就是我！開玩笑，開玩笑！（看了看照片）哎喲，那次換我作老師，帶大家一起讀陳秀喜的詩文。我緊張到整晚睡不著覺，一直在想要穿什麼才好，差一點連書也沒看完！（想，推算）算算，嘛已經有好幾年了。

（士允看看相片，又上下打量老闆娘，比對。）

士允：阿姨，你都沒變ㄋㄟ，身材一樣好，今天還穿同一件衣服。

老闆娘：三八囡仔，衣服有改過啊！

（Vivi從士允手中接過照片，忘神盯著海安。士允察覺。）

老闆娘：（回想，誦唸詩文）回憶一朵玫瑰紅的
　　　　雲，到老邁愈是溫馨。那次阮姊妹阿玲
　　　　聽到這首詩就哭了，目屎親像水龍頭袂
　　　　記關！我和海安，還有大家都一直鼓勵
　　　　她！尪婿愛風流，就隨便讓伊去亂亂
　　　　搞！反正爽嘛爽過，囝仔攏生三個啊，
　　　　甘講半暝嘸查脯人睡袂去！應該離婚就
　　　　離吧！

士允：（一臉讚嘆）哇，阿姨你們讀書會的業務
　　　　不少！

老闆娘：這些心裡話，不跟我們說，要跟誰講。

士允：海安阿姨也當過讀書會的老師嗎？

老闆娘：本來伊要給我們講謝雪紅的故事。

（Vivi和士允聽到謝雪紅的名字，驚訝。）

老闆娘：聽說謝雪紅是台中第一個會騎腳踏車ㄟ查某人！每一次出門騎車，路邊就會有一堆人搶著看！大家攏感嘎足趣味，啊我們攏很想聽海安講謝雪紅故事！誰知影，後來海安就破病啊！

Vivi：她一個人嗎？她沒有帶著小孩嗎？

老闆娘：如果有，那一定是我小女兒。她老愛對海安勾勾纏。

（約莫四十歲的海安，牽著一個小女孩從暗處走出。海安抱著女孩坐到椅子上，兩人一同看故事書。）

Vivi：……那她有沒有，跟你提起過自己的家人？

老闆娘：我記得有一次，她忽然買了蛋糕回來。

士允：是你小女兒生日？

老闆娘：我女兒巴不得每天都是她生日，但老早過去了。

士允：會不會是海安阿姨記錯。

老闆娘：起先我也以為是這樣。

（老闆娘走近海安，兩人說起話，像是過往的一段回憶重現。）

老闆娘：（看見皮箱上的一盒蛋糕）怎麼有蛋糕？
　　　　你生日？

女孩：我生日。

老闆娘：講白賊，目珠皮攏袂眨一下！那我上個
　　　　月給你買的蛋糕是什麼？

女孩：那是吃農曆的！今天吃國曆！

老闆娘：你連自己名字都會寫顛倒反，哪會知道
　　　　今天幾月幾號！

女孩：阿姨說買給我的。

（海安笑了起來。）

海安：是買給她的。

老闆娘：壞習慣！所落來她就會每個禮拜都說她
　　　　過生日了！

女孩：那樣也很好。

老闆娘：你還講！

（老闆娘伸手要捏女孩耳朵，女孩連忙躲到海安懷
裡。）

海安：今天我女兒生日，小雯吃也一樣。

女孩：阿姨，你的小孩跟我一樣大嗎？

海安：她們一個十一歲，一個七歲。

女孩：我最小。

海安：對啊，你最小。

女孩：那她們去哪裡了？

（海安抱起小女孩，摟著她，沉默。）

Vivi：她沒有說小孩在哪？

老闆娘：那時陣，我看她ㄟ反應，就沒再多問。

（頓）我記得……那天是六月九號。

（士允和Vivi對看。）

老闆娘：對了，那天還有一個男人來找海安。

Vivi：是認識的人嗎？

老闆娘：他說是海安的朋友，我就帶他上去了。

（場外傳來敲門聲。海安臉上露出訝異表情，愣住，繼而隱身在黑暗中。）

老闆娘：他們應該很久沒見了。海安一看到伊，整個人愣住。

Vivi：那個人以前來過嗎？

老闆娘：只有那次。臨走前他還塞錢給我，要我多照顧海安。

Vivi：她沒有告訴你那個男人是誰？

老闆娘：我正想上去問的時候，聽到海安在房間裡哭。（頓）我常常跟她說，做人就跟穿衣服同款，不合身就得改！我一個查某人自己帶一個小孩，苦了一輩子，所以我不希望她像我以前一樣想不開……反正現在她也聽不見我碎碎念了！

Vivi：老闆娘，如果那個人有再來這裡，麻煩跟我們聯繫。

士允：可以打我手機。

老闆娘：好，我知道了。

（士允、Vivi兩人走到老闆娘家外。）

士允：你沒告訴我六月九號是你生日。

Vivi：你也沒告訴我新聞報導的事。

士允：那我們扯平。（頓）先去吃點東西吧，我們剛剛好像有經過幾家古早味麵店！

（Vivi看著士允。）

Vivi：我可以信任你嗎？

士允：最好不要。拿著照相機晃來晃去的人最可
　　　　疑了。

Vivi：你一直在迴避我的問題。

士允：你想問什麼？

Vivi：為什麼你堅持留在醫院拍照？

士允：我已經回答過了。

Vivi：你很清楚，那不是真正的答案。

（稍長的停頓。）

士允：我媽也住過國外的臨終關懷醫院。癌症。
　　　　好幾個月才結束。

Vivi：她也一個人嗎？還是有很多人陪著她？

士允：只有我，其他人漸漸就不來了。他們沒想
　　　　到死是一件這麼久的事。

Vivi：你爸呢？

士允：他每天來一小時，就差沒打卡。

Vivi：你不希望他來？

士允：我媽希望。那是她的藥，也是她的病。比
她身上的癌細胞還可怕。

Vivi：你一直陪著她？

士允：結果我才離開十分鐘，她就走了。

Vivi：人好像總在錯過什麼……

士允：後來我怎樣也想不起來，最後那幾個月她
臉上的表情，像是被洗掉一樣。之後我就
有一股衝動，想幫醫院裡的病人留下些什
麼。

（停頓。）

Vivi：在我小時候的回憶裡，大部分待在家的
時間，我媽她都非常安靜。但我好喜歡跟
她出門，因為只要一走出去，她就變得又

愛笑又愛說話，到處都有朋友。

士允：後來呢？

Vivi：有天她就突然不見了，大家像說好了一樣不記得她。

士允：你爸也不說？

Vivi：我們的相處，就像空氣一樣。我長大後就跑去當演員，拼了命想讓他注意到我。

士允：那算是意外收穫。

Vivi：當演員最大的好處是，你可以暫時變成別人。

士允：那你想變成我嗎？（紳士彎腰）你好，我叫張士允！今天我們重新認識了。

（士允望著Vivi，露出理解的微笑，又將自己隨身相機拿起，朝天空拍。）

士允：如果能變成一朵雲就好了！自由自在、無拘無束，什麼煩惱也沒有！（頓，打趣，

又拿相機朝Vivi頭頂拍照，裝模作樣打量）你頭上那朵烏雲什麼時候會散開啊？這幾天你都怪怪的。

Vivi：那只行李箱裡，除了謝雪紅的傳記，還放了我母親的日記。

士允：裡面寫了什麼？

Vivi：日記散開了，全都混在一起。但裡頭有一頁寫到，她發現自己懷孕了。是另一個男人的小孩……從醫院查到媽媽先前住址之後，我很不安。

士允：你以為會看到她新的家人？

Vivi：我一直以為她選擇了一個更好的家，結果這裡什麼都沒有。

士允：你想那個男人和老闆娘說的，會不會是同一個？

Vivi：是不是都無所謂了。到頭來，我媽什麼都沒得到。

（停頓。）

Vivi：過幾天，我想跑一趟。去查查那本書是從哪裡發行的。

士允：那本《謝雪紅傳》是一九九二年台南一家小出版社發行的，數量不多。

Vivi：你這麼快就查到了？

士允：我……請一個雜誌社的朋友幫忙找的。那家出版社現在還在，是一間已經經營四、五十年的二手書店。（頓）可是為什麼這本書，會在海安阿姨手上？

Vivi：我也不明白為什麼媽要對謝雪紅那麼感興趣，還有書上她寫的註記。讀完那本《謝雪紅傳》，我感覺裡頭的眉批像在對某個人說話。（頓）什麼時候，會讓人想把心裡的話寫下來？

士允：來不及說了？

Vivi：謝雪紅晚年最落魄的時候，把自己一生

告訴身邊的男人楊克煌，讓他寫下來。結
果只來得及講完一半，她就死了。

士允：但楊克煌有繼續寫下去。

Vivi：那是他記得的。謝雪紅心裡真正想說的
話，現在不會有人知道了。

（停頓。）

Vivi：如果遇到媽媽的另一個小孩，我會認得
嗎？

士允：要看她和你母親像不像。

Vivi：那我們像嗎？我和我媽？

（士允煞有介事地盯著Vivi的臉看。）

士允：當你不是Vivi的時候，你們很像。

Vivi：我什麼時候不是我自己。

士允：剛才。你提到謝雪紅的時候。

（士允拿出一個牛皮紙袋，交給Vivi。）

Vivi：這是什麼？

士允：會讓你眼睛一直盯著看的東西。

（Vivi從紙袋裡拿出照片。照片上是曹海安的臉。）

士允：那是一張安靜，充滿故事的臉。

（Vivi深深盯著照片，像是第一次重新見到了母親。）

士允：我幫每個病人都拍兩張照片，他們進來醫
　　　　院的時候，他們離開醫院的時候。

Vivi：你⋯⋯好可怕⋯⋯

士允：不可怕。第一張照片隱藏故事。第二張，
　　　　說出一切。兩張照片濃縮了他們的一生，
　　　　快樂，或者寂寞。（頓）我想問你一件
　　　　事，當然你有說不的權利。

Vivi：你看起來會比我早死，不會有機會幫我拍照。

士允：下禮拜醫院的攝影展，我想展出海安阿姨的照片。

（Vivi凝視手上照片。停頓。）

Vivi：媽媽的樣子很美。

士允：你幫照片取個名字。

Vivi：不放病人姓名嗎？

士允：我展出他們的故事。

（停頓。）

Vivi：叫……「一個關於謝雪紅的單人旅行」。

士允：我們有二個人！

Vivi：我說的是照片。

（兩人相視而笑。）

士允：下一步呢？

Vivi：我媽媽還有一個親人，她的姊姊。

（燈暗。）

第六場
謝雪紅的單人旅行之二 世界

（白幕上出現《謝雪紅傳》的某一頁文字。不久，字句間緩緩浮現手寫批註。）

（書頁文字：「這是我第一次坐人力車和火車，也是第一次離開彰化故鄉。窗外一片漆黑。火車跑的隆隆聲，很快把我帶到新命運等待我的地方了。」）

（批註：「在那個叫人徬徨的車站，我們有一樣的心情」。）

（以下女子由海安、Vivi、海寧共同在台上飾演。女子的台詞偶爾以錄音處裡。舞台上出現火車行進的剪影和聲音。女子站在舞台上，面孔一明一暗。三位演員利用皮箱和海安的日記，作為這場主要表演道具。）

女子：（Vivi）我聽見命運開始跑動的聲音，但我
　　　還沒做好準備。

女子：（Vivi）失去父親。失去母親。我失去自己。我十二歲。我將會有怎樣的一張臉？

（停頓。）

女子：（海寧）我唯一的行李，裝滿貧窮和悲傷，又輕又浮又沉重。

女子：（海寧）它陪我搭上火車，去一個陌生地方。

（停頓。）

女子：（海安）是什麼在後面拚命追趕？我怕，但我走不快。

（停頓。）

女子：（Vivi）我被賣掉了！看著眼前這個醜陋凶

狠的女人、罵我踹我的女人，我恨不得她快點死掉！但我感覺到她的恐懼，在兇悍霸道的外表底下，有藏不住的害怕。每天晚上自己的丈夫，都跟另一個女人同床共枕。

（停頓。）

女子：（海寧）我知道如果她沒有丈夫兒子，沒有依靠的人，她就什麼都不是！

女子：（海寧）我也害怕像大姊一樣窮困勞累，像她產下的早夭嬰兒，還沒睜開眼就一生漆黑。

（停頓。）

女子：（海安）隔著一道牆，每天清晨我挑著餿水，經過二姐家，我會偷偷羨慕偷偷想。

嫁到好人家，那衣食無缺的二姐，不用像
我一樣辛苦勞動。

女子：（海安）卻不知道，二姐不能生育，姐夫
就和買來的養女發生關係。

女子：（海安）二姐沒說不行。（寧＆安）她其實
不能說不行。

（停頓。）

女子：（海寧）她沉默、她笑、她安靜生活下
去。我時常想，（寧＆安）完了，像我這
樣不識字又沒受過教育的女人，可以走到
哪裡呢？會不會我也跟她們一樣，就這樣
過完了一生。

（停頓。）

女子：（Vivi）不。

女子：（海寧）不行。

女子：（海安）我不甘心。

（停頓。）

女子：（Vivi／海安／海寧，此時一起搭疊說話，皮
　　　箱丟接著。三人加速語調、非常興奮的表情）
　　　我拚了命掙扎，抓住每一個可以站起來的
　　　機會！基隆、神戶、中國青島、杭州、上
　　　海。

（停頓。）

女子：（Vivi／海安／海寧）第一次，我看到擠滿
　　　巨大輪船的神戶港。螞蟻一樣忙碌的船
　　　工、一聲聲在耳邊爆開的汽笛、夜裡卻亮
　　　如白晝的店家燈火，空氣裡有濕黏鹹腥的
　　　海的氣味。

（停頓。）

女子：（Vivi／海安／海寧）第一次，我看到滿滿的示威人群占據上海街道。成千上百藍色制服的學生，宛如海浪湧進城裡每條大路，怒吼著、狂叫著，夾雜骯髒飢餓的工人，不分你我齊步向前，把我淹沒，帶著我，一起衝向最前線。

（停頓。）

女子：（Vivi／海安／海寧）我參加革命，去抗議不公平，去到陌生國家，去到莫斯科白天和夜晚都模糊的北方邊界。

（舞台上一點一點恢復光亮，整個舞台充滿光芒。台上只剩下海安飾演女子。）

女子：（海安，語調放緩）火車沒日沒夜跑著，幾
　　　乎有一輩子那麼久，抵達貝加爾湖的時
　　　候，第一次我看到結成冰，沒有盡頭的白
　　　色湖面，所有陸地都被淹沒，只剩下兩片
　　　茫茫天空。我分不清楚自己醒著，還是睡
　　　著，恍如走在隨時會崩塌的鏡子上，寒風
　　　呼呼吹過，凍結我所有眼淚和方向，那真
　　　是一個無限廣闊的世界……

（停頓。）

女子：（海安的錄音）我已經逃過那些不停追趕我
　　　的東西了嗎？

（停頓。）

女子：（海安）我的老師 Erosenko，他走過世界各
　　　地、說六種語言，兩眼瞎了，在我要離開

東方大學時，他對我說，「我認識妳快兩年了，你的性格像男子剛強，但我卻無法想像你的臉。」

（停頓。）

女子：（海安的錄音）我有怎樣的一張臉呢？

（停頓。）

女子：（海安的錄音）克煌，其實我很像母親。她有一張非常安靜的臉。

（燈漸收。）

第七場
探訪海寧

（今二〇一〇年／昔一九八四年，比第四場時間再晚數月。）

（海寧的住所。）

海寧：走吧！我沒什麼可以說的。

Vivi：為什麼你這麼不願意提到她的事。

海寧：那與你們無關。

Vivi：你在害怕什麼？

海寧：像你們這種記者，我看太多了！我不會讓你們有機會炒作新聞的。

（海寧做出明確手勢，驅趕士允與Vivi離去。）

（士允轉頭看Vivi，不知如何是好。）

Vivi：我在皮箱裡，發現她寫的日記。

海寧：妳打開皮箱了？

Vivi：我猜到密碼。

海寧：只是猜到？

Vivi：密碼是我的生日。

（海寧望著Vivi。）

海寧：你是梁靜？

Vivi：我不用那個名字。我叫Vivi。

海寧：為什麼不早說？

Vivi：我不確定可不可以相信你。奶奶說過你
的事。

海寧：那她有沒有告訴你，她把你母親寄給你的
東西和信全都退回來。還威脅海安如果敢
去找你，就要把你送到國外去。（頓）你
去看過你母親了嗎？

（Vivi 沉默。）

士允：Vivi來醫院前，海安阿姨已經陷入昏迷。

（海寧露出難過表情。）

Vivi：我在日記裡，發現她和那個男人的事。

海寧：那你還想知道什麼？

Vivi：為什麼她丟下我？

海寧：她不願意。

Vivi：但她還是做了。

（停頓，海寧回想過往，往事翻擾。）

海寧：我一直以為幫她找個好對象結婚，是對她
　　　最好的安排。從小到大，我們已經過太多
　　　苦日子。我多希望，海安生下你，能夠開
　　　開心心過完下半輩子。

（二十多歲的海安從暗處走出，像在過去某一刻前來探訪。海寧走向海安。）

海安：大姊。

海寧：怎麼只有你一個，孩子呢？

海安：國威的媽在帶，不需要我。

海寧：那你不就整天都在偷懶！

海安：誰說的，我忙得很！

海寧：我正想找個時間過去看你！

海安：怎麼了？是不是姐夫又一直逼著你要錢！上次國威不是才投資他做生意。

海寧：國威說你最近心情不太好，要我有空過去跟你聊聊天。

海安：我們已經好幾個月沒講話了。

海寧：別人喜歡無事生非，就讓他們去說嘛。夫妻沒有什麼過不去的，你要多體諒他。

海安：我好像永遠都當不好一個妻子。如果當初他沒娶我，也許今天一切都不一樣了。

海寧：你喔，老毛病又犯了！別忘記，你現在已經是個媽媽，別老想東想西。

海安：每次看小靜哭鬧個不停，我就覺得好像我做錯事了。

海寧：你只是還沒準備好，當媽媽也是要學的。

海安：你又沒小孩，怎麼知道？

（海寧沉默，彷彿被刺痛。）

海安：大姊，我不是那個意思。

海寧：你婆婆會幫忙你照顧小孩，別擔心。

海安：她當然要幫我顧孩子啦，萬一孩子像我這樣窮酸愛錢，又凡事都有意見，那她肯定要煩惱得睡不著覺了！

海寧：怎麼會？

海安：像你，像媽，像我們家，像我們住的地方。對他們來說，什麼環境養出什麼樣的人。

海寧：國威知道這件事嗎？

海安：他很忙，沒空表示意見！可能他也這樣覺
　　　得！

（停頓。海安嘆氣。兩人並肩坐下。）

海安：小時候肚子餓，只會想晚餐時間怎麼還這
　　　麼久，日子多簡單。媽以前還會帶我們去
　　　她打掃的地方，陪她一起工作。

海寧：她以為這樣我們就會變得愛讀書。

海安：結果在大學裡打掃，錢還比較少。

海寧：媽覺得很值得。

海安：她老要我去看看那些有學問的人。

海寧：她看人根本就只看長相！

海安：他們一個個老得像青蛙。

海寧：（笑）看來媽失敗了。

海安：媽走了以後，我常常想起她說的話。

海寧：她說什麼？哪些事？

海安：你記得媽對我們說過關於謝雪紅的事嗎？

海寧：媽常把到處聽來的事東拼西湊，說不定她根本分不清楚謝雪紅和廖添丁。

海安：但每次提到謝雪紅的時候，她的臉就像發了光一樣，生活的勞累通通不見了。

海寧：這些事你放在心底就好，要是被別人聽見，會惹上麻煩的。

（海安打量海寧，鼓起勇氣，想說些什麼。）

海安：最近我到國威朋友那，幫忙整理一些文件資料。

海寧：國威朋友是教書的？

海安：他作歷史研究。

海寧：你想變成書呆子？

海安：他才不是。他寫書，有自己的聲音和意見。

海寧：你也有啊。

海安：我的聲音只有你能聽見。他不一樣。

海寧：你對他很感興趣。

海安：他能明白我在想什麼。

海寧：⋯⋯他是不是叫張崇輝？

（海寧看著海安，似乎想到什麼。）

海寧：最近多花點時間陪陪國威吧。

海安：他才不需要我。而且⋯⋯我有自己的事要
　　　做。

海寧：你忙什麼？

海安：我要把謝雪紅的一生整理出來。

（海寧驚訝又憤怒地看著海安。）

海安：外面的人說謝雪紅不知羞恥、風騷放蕩，
　　　還鼓動民眾叛亂，但那些全都是假的！

海寧：那跟我們沒關係。

海安：她知道自己要什麼，她是真正為自己而活！

海寧：但你不會是她！

海安：為什麼不行？

（兩人凝視對方。）

海寧：你很清楚，你想做這件事背後還有其他原因。

海安：……這幾個月我很快樂，我第一次感覺自己可以做點什麼！

海寧：你只是在騙自己！到頭來你那些理想只會害死你！

海安：所以我應該忍耐下去，每天渾渾噩噩，一直到死？

海寧：你還在不滿意什麼！你現在有的，別人求都求不來！你再這樣任性下去，到最後你會什麼都沒有。

海安：我就是不要那些東西！

海寧：是嗎？看來是大家把你保護得太好，讓你看不清楚什麼是現實！

海安：那看看你得到什麼？（頓）我不想像你一樣。

海寧：原來你心裡是這樣看我的。

海安：你自己知道姐夫是怎麼對你的。

海寧：知道我又能怎樣？我沒你聰明，也不像你懂那麼多。我花了大半輩子時間照顧妳，結果現在呢？最後讓你站在這裡看不起我。

海安：……大姐，我明白你為我做了很多。

海寧：海安，我們都只是女人，有些事我們本來就無能為力。

海安：但我們也是這社會的一份子。

海寧：你管好你自己最重要！這麼多苦日子我們都熬過來了，你要懂得惜福。你要想清楚，什麼事情該做，什麼事情不該做。

海安：來不及了……我已經有他的小孩。

（靜默。）

海寧：那你還來找我做什麼……

海安：我知道我很自私，但我沒有辦法。如果……

海寧：（打斷）你才是梁靜的母親，沒有人能代替你。

（海安歉疚看著海寧。海安離去，消失在黑暗中。）

Vivi：他們一起離開了嗎？

海寧：沒有，那個男人逃到國外去了。警察在車站逮捕海安，搜出她身上關於謝雪紅的稿子，認為她和從事政治運動的人有關。

Vivi：她怎麼可能認識那些人？

海寧：張崇煇就是其中之一。他就是你母親提到

的那個男人。

Vivi：可是他跑掉了。

海寧：那件事發生以後，一切都改變了。沒人敢跟我們接觸，海安只好離開。我丈夫也終於找到一個好理由跟我離婚，之後我就一個人住在這裡。

士允：所以那些記者想問的，就是關於這件事⋯⋯

Vivi：你會埋怨媽媽嗎？

（海寧看著Vivi，猶豫。）

海寧：海安是我唯一的妹妹，我們終究是一家人。

Vivi：張崇輝再也沒出現過了嗎？

海寧：聽說他在國外經營一家華人書店。結了婚，還有一個兒子。

Vivi：他來找過你？

海寧：……沒有。我也是聽來的。

Vivi：我還能做什麼？

海寧：你母親時間不多了，多陪陪她吧。海安很
　　　想再看到你。

（Vivi起身離去，士允跟上，又折了回來。）

士允：你說的張崇輝，一直都是用原來的名字
　　　嗎？

（海寧盯著士允的臉。）

海寧：不知道為什麼，你的臉讓我想起一個人。

（士允沉默，追了出去。Vivi停下腳步，士允來到Vivi
身旁。）

（停頓一會。）

Vivi： 行李箱裡頭的那本《謝雪紅傳》，作者就是張崇煇。（頓）媽媽花了一輩子，最後只換來那本書。我們回醫院吧。

（手機響，士允接起，對著話筒簡短交談幾句。）

士允： 老闆娘打來的。

Vivi： 說什麼？

士允： 她說，那個來拜訪過的男人，現在在她那。

（燈暗。）

第八場
謝雪紅的單人旅行之三 愛情

（白幕上出現《謝雪紅傳》的某一頁文字。不久，字句間緩緩浮現手寫批註。）

（書頁文字：從一個庄腳不識字的童養媳，變成帶領群眾對抗社會不公義的領導者，要經過多少考驗？貧窮的印記一生跟隨著她，驅使她不斷向前進，也成為她心裡最隱蔽的自卑。謝雪紅選擇一條與所有人相反，漫長又孤獨的路。直到遇見楊克煌，謝雪紅被綑綁的內心才真正舒展開來，第一次，有了柔軟的可能。）

（批註：我記得，我也曾經有過那樣的時光，也曾是個叫人羨慕的女人。有人懂她，為她寫字，為她憂煩，記下她說過的許多話，把她放在心底。）

（女子由海安飾演。男子 O.S. 部分，由非本劇中的男角擔任。）

海安O.S.：謝雪紅。

女子：不過是三個字！我可以對任何人大聲說，
　　　卻沒辦法把它們輕輕鬆鬆寫下來。（笑）
　　　我知道他們在背後怎樣說我。無論我做得
　　　再多、再拚命，整個人都投入到革命運動
　　　裡。還是會有人說，那個出身低又沒文化
　　　的女人，憑什麼領導我們。

（女子駐足，雙手環抱身體。）

女人：在莫斯科接受訓練的時候，夜裡錯過宿舍
　　　門禁，風雪凍得叫人受不了。四下一片漆
　　　黑，我死命忍耐，一個人站在宿舍外，等
　　　著另一個人來簽名，帶我進去。對於上下
　　　課的生活我很不習慣。除了我以外，每位
　　　同學都上過學，他們都是書的老朋友了。
　　　在所有人裡面，只有我是一個非常特殊的
　　　存在。

（女子在冷空氣裡呼氣，寫下自己的名字，O.S.聲音同步念出。）

海安O.S.：其實我跟你們不一樣。

女子：有天黨派人來，說要送我進上海大學。我告訴他，我連一天小學都沒念過，怎麼有辦法去參加考試。他說，正是因為我出身窮苦、文化低，適合給大家做榜樣！我只需要去露個臉！考試那天，我坐在教室裡，假裝也是他們的一份子。我什麼也不能做，只能盯著考卷看，就算碰到稍微能回答的問題，也寫不出字來。最後一科英文，我直接在考卷上寫「我不懂英文，只會一點日語」，然後就交卷了。一轉身，每個人都抬頭，眼神充滿佩服和驚訝。幾天後，他們在報紙上看到我被錄取的消息。只有我知道，那全是假的。

（停頓。）

女子：克煌，我也不敢在你面前寫字。我要你教
　　　我算數，教我歷史常識，但我還是不敢在
　　　你面前寫字。怕你發現，我和你想的不一
　　　樣。

（停頓。）

男子O.S.：不不不不，雪紅姐講起話來或討論問
　　　　　題都勝過男人。她的話有魄力、有
　　　　　理論，連那些大學畢業的知識份子
　　　　　都比不過她，最後還是她的意見得
　　　　　到支持。

（停頓。）

女子：但我多渴望能夠寫字，能像隻鳥一樣，在

紙上自由自在翱翔。那天我寫的字條被你
撿到。你撿起來看，沒說什麼。我的字，
像小孩子寫的，很醜。

（停頓。）

男子O.S.：以後我當你的手，你不用擔心。

女子：你來當我的手？

男子O.S.：我可以為你寫字，為你憂煩，記下你
說過的許多話，把你放在心底。

女子：但你不需要我。

男子O.S.：（笑）我需要，我那麼意志不堅，缺
乏獨立工作能力，又不善接近群眾。

女子：克煌，你能了解我嗎？

男子O.S.：我愛你。

（燈光漸暗。）

男子O.S.／女子O.S.：有天當我們不在了，那些字會活得比我們更久，去到更遠的地方。也許會有另一個人讀到，知道我們做過的每一件事，看見我們正在努力面對的世界，他會明白我們的一生。

（燈全暗。）

第九場
海安與國威 二

（今二○一○年／昔一九九二年。）

（老舊房屋閣樓。第五場過往，生日事件同天，稍後。）

（已略顯年紀的國威，以一種熟悉又陌生的目光，站在梯上，望著房間裡的擺設，內心回憶浮現。海安愣著，和第五場末的表情一樣，過了好一會，才反應過來。）

海安：你怎麼會來這裡？

國威：你看起來很失望。在等人？

海安：沒有。

國威：我知道你不是在等我。（頓）一切都好嗎？

海安：還可以。

國威：海寧告訴我你在這。

海安：然後呢？

國威：她覺得我應該來一趟。

（國威看著海安。）

國威：最近我回老家去看看，那裡已經變成一間
　　　小學了。記得你以前常說，等小孩再大一
　　　點，讀書了，你想去當小學老師。被一大
　　　群孩子圍住，才不會覺得寂寞。

海安：現在說這些做什麼？

國威：最近我常常想起以前的事。我和崇煇從小
　　　一起長大，一起念書，然後選擇不同工
　　　作。我老是笑他不切實際，私底下還是拿
　　　錢給他，幫他度過難關。

海安：我不想聽這些。

國威：我一直沒告訴他，我很羨慕他做了那麼多
　　　事。我想做的，我不敢做的，他都完成
　　　了。

海安：你希望我說什麼？我很抱歉？就算沒有他，我還是會離開。

國威：結婚以後，我開始變得一點都不認識你。直到我看了你的日記，我⋯⋯

海安：（打斷）你不該偷看我寫的東西。

國威：我一直以為你會留下來，不管為了什麼。

海安：就算你阻止，我還是會走。

國威：那幾天我都在觀察你。直到那個早上，你提著行李準備走出去，看到我，表情有點驚訝，有點失望，但是沒有害怕，就像剛才你看到我那樣。

海安：為什麼那時候你一句話都沒說？

國威：因為你早就已經走出去了，在我不知道的時候。

（停頓。）

國威：你不覺得奇怪嗎？警察怎麼會知道你們搭

火車走？

海安：他們早就在注意崇煇的一舉一動。

國威：他們沒那麼聰明。

海安：什麼意思？

（海安凝視國威。一段長時間的靜默。）

海安：……什麼意思？

國威：你以為呢？你一離開，我就去打電話。

海安：（喃喃自語）為什麼……

國威：因為我不是那麼好的人。我也不想。

（海安不由自主地坐下，尋求支撐。）

國威：我在家裡，不停想到你們在車站被逮捕的
　　　樣子。你的表情害怕又慌張，一臉失望。
　　　可是誰想得到，崇煇那傢伙根本沒出現。

海安：他不會丟下我的。

國威：那你怎麼還在這裡？

海安：一定是發生了什麼事。

國威：可能他想通了，發現這樣做不值得。

海安：閉嘴。

國威：你不想聽，是因為你心裡也偷偷這樣想。

海安：他不是你。

國威：那他是什麼？你都跟他睡在一起，還沒摸清他的底嗎？我認識他二十幾年。他寧願花時間後悔，也不願意做決定。這就是他。

國威：結果你得到什麼？

（國威拿出一本《謝雪紅傳》，放到桌上。）

國威：寫一本賣不出去的破書，這就是你們偉大的理想？

（海安快步走過去，拿起書看。）

海安：（自言自語）這是我們一起完成的。

國威：崇輝已經在國外結婚很多年了，還有一個小孩。消息和書，都是朋友帶回來的。

（海安看著國威。）

海安：為什麼要告訴我這些事？

國威：女兒很像你，倔強又不肯服輸。想問媽媽去哪了，一直都沒開口。

（聽見女兒消息，海安被深深觸動，自責地轉過身去。）

海安：她好嗎？

國威：你可以自己去看。

海安：我是個糟糕的母親。

（海安強忍的情緒潰堤，癱坐在地上哭泣，國威環抱

住她。）

國威：我們可以重新開始，回到從前剛認識的時
　　　候。

海安：我不知道……

（海安掙脫國威懷抱，走到一旁，國威哀傷望著她。）

（國威發現海安手上仍拿著那本書，怒從中來，兩人
拉扯搶奪。）

（國威撒手，搖頭嘆息，留下緊緊抱著書的海安，獨
自哭泣，漸漸隱沒。）

（國威離去，略經風霜的臉上，有深深的不捨與遺
憾。）

（同時間，老闆娘帶Vivi、士允，出現。）

國威：海安，我很希望，你回到我身邊來……

（Vivi走近國威，驚訝。）

Vivi：爸⋯⋯你怎麼在這？

（國威轉頭看見Vivi。兩人沉默。）

Vivi：你要不要去醫院看媽媽？
國威：我不去，不去⋯⋯⋯⋯
Vivi：爸⋯⋯

（國威再次回頭，看向海安消失的地方，猶豫地，向
Vivi伸出手。）
（兩人緊緊握住彼此。燈暗。）

第十場
謝雪紅的單人旅行之四 死亡

（白幕上出現《謝雪紅傳》的某一頁文字。不久，字句間緩緩浮現手寫批註。）

（書頁文字：幼年時，對現實生活反抗無望，兩次嘗試自殺；青年時，毅然決然從日本偷渡到中國內陸，意外成為共產黨員；青壯年時，一無所有回到台灣，卻繼續堅持籌組台共的夢想。謝雪紅的一生不斷面臨抉擇，只要稍稍一個轉彎，人生就會去到完全不同的天地。）

（批註：僅僅是幾次不同選擇，生命就走向完全不一樣的地方。如果可以再選一次，我還是會去車站嗎？）

（以下女子，由 Vivi 扮演。黑暗中傳來猛烈敲門聲。燈亮時，女子和海安同時一臉驚慌。）

海安：（病床上坐起）誰？！

女子：台灣共產黨剛剛在上海成立十天，一個凌晨五點的早上，天微亮，我們就被日本警察包圍了。

（敲門聲更大，漆黑光線中，有人呼喊、物體衝撞、拉扯的聲響。）

海安：（連忙起身，慌亂整理收拾）我在穿衣服和鞋子！

女子：我對門外大喊，想爭取更多時間！可是到最後，警察把房子團團圍住，幾乎所有人都被抓了，連黨成立的重要文件也全都落到敵人手裡。

（燈光轉換。女子和海安同時坐下，彷彿正被審問著。）

女子：我們一個個被輪番審問。敵人問得很仔細，不放過任何細節。

海安：（對Vivi）那太好了！他們顯然還不清楚我們的內部狀況！

女子：我坐在椅子上，聽著審訊室外滔滔不絕的水聲，想像窗外那條黃埔江，會不會成為我生命的終點。

海安：（走近，問Vivi）妳是誰？

女子：那些重要文件擺在我面前，成為敵人質問我的證據。好幾次，我都想趁他們不注意，抓起文件就往窗外跳，一起消失在波濤洶湧的河裡。越過我自己的死亡，心思漂蕩到很遙遠的地方，我，像在海上，永遠這麼漂蕩下去。於是我把所有經歷過與渴望過的，騙你們這些日本鬼，說成一個與我非常像，又如此不同的女人的故事。我就這樣任由命運隨意策動我的荒謬表演，這，全都是因為我，這一生，都會是

用我自己的身體體驗著，什麼叫被壓迫。

（女子驕傲地抬起頭，面對觀眾，彷彿有一位隱形審問者。女子跳入戲中戲，像是 Vivi 自己想像出來，想對海安說，Vivi 是擁有某種勇敢和堅強的精神。）

女子：我是謝雪紅。／海安：她是吳碧玉。（同時）

（停頓。）

女子：她是吳碧玉。／海安：我是謝雪紅。（同時）

（停頓。兩人笑。）
（以下兩人帶某種神祕感，有默契地拋接對話。）

女子：我遇見她。

海安：在上海。

女子：她從海上來。

海安：來念上海大學。

女子：她說日語。

海安：我們交談。

女子：幾乎。

海安：像姊妹一樣。

女子：異地裡像姊妹一樣。

海安：她是知識份子。

女子：我沒上過小學。

海安：她有文化和眼界。

女子：我必須無止盡地勞動。

海安：她說窮苦人都應該站起來。

女子：我就是窮苦人。

海安：她笑了，說……

女子：那你應該站起來。

海安：我可以嗎？

女子：我很徬徨。

海安：因為我是逃出來的。

女子：不知道有……

海安：哪裡可去。

女子：她握住我的手。

海安：堅定地。（兩人握手）

女子：所有有革命的地方。

海安：有革命的地方，都是窮苦人的家。

女子：我不能忘記她的臉……

海安：說話時的樣子。

女子：她將要去莫斯科。

海安：去參加革命。

女子：和窮人站在一起。

海安：去到白日和黑夜模糊的交界。

女子：去到那廣大的銀色世界。

海安：我停下。

女子：我嘆氣。

海安：心底羨慕她。

女子：非常羨慕。

海安：即使我們都講日語。

女子：即使我們容貌相像。

海安：即使我們像親姐妹一樣。

女子：然而…………

海安：生命如此不同。（海安回到病床）短暫交
　　　會，然後就永遠錯開。

（停頓。）

女子：（對海安）我常常想起吳碧玉，想起那個
　　　藏在我身體裡的女人。由我一手捏造出
　　　來，和我如此相像，卻又這麼不同。我常
　　　常戴上她的神態和樣貌，變成人人敬佩、
　　　勇敢堅強的謝雪紅。只有在夜深人靜的片
　　　刻空檔，我才又偷偷變回自己，變回那個
　　　從彰化鄉下逃出來的瘦弱女孩。（走近海
　　　安，望向在床上躺著她）敵人最後放了我，

把我遣送回台灣。（趴在床邊）因為他們很難相信，一個沒上過小學的女人會去組共產黨。回到故鄉，沒人知道我去過哪，又做過哪些事。也許我會願意重新選擇，一個平凡人生，只為小小的喜怒哀樂，活著。

（燈光漸暗。）

第十一場
其實我一直記得你

（今二〇一〇年／昔二〇一〇年。）

（臨終關懷醫院病房。）

（海安呼吸聲，可以被隱約聽見。）

（黃昏。Vivi看著病床上插滿各種醫療管線的海安，握住她的手，貼近自己耳朵。）

（過了一會，士允走進病房。）

士允：你不該對醫生發脾氣的。我幫你跟他道歉了。

（停頓。）

Vivi：我昨天去看了你的攝影展。

士允：我有看到你。喜歡嗎？

Vivi：很難形容。

士允：整個醫院大廳很安靜，像是有人偷偷把聲音關掉了。

Vivi：我好像開始能明白你說的話。

士允：明白什麼？

Vivi：第一張照片隱藏故事。第二張，說出一切。（頓）兩張照片放在一起，這麼像，又這麼不一樣，死亡好像一下就發生了。

士允：每次洗照片，我都覺得他們沒有離開，替他們把一生的故事說清楚。

（停頓。）

Vivi：看到媽媽的照片掛在那裡，好奇怪。

士允：因為只有一張？

Vivi：因為她的樣子。

（Vivi低頭，望著海安的臉。）

Vivi：我站在很遠的地方，感覺她的視線穿過人群，落在我身上。我站了很久，怕一走開，她就什麼都看不到了。

士允：但是所有人都看到她了。一個關於謝雪紅的單人旅行。這是你取的名字。

Vivi：我去翻了以前的報紙，找到媽媽被逮捕的新聞，在很不起眼的角落。

士允：那天見到你爸，有談到這件事嗎？

Vivi：我跟我爸好像是第一次終於能好好說話。第一次從他口中，聽到那麼多關於媽媽的事，讓我一點一點的，把那些散開來日記拼湊起來，感覺她度過的每一天，感覺那些被隱藏起來的期待、失落，和寂寞。（頓）我一直在想，如果是我呢？我會怎麼做？

士允：你會做一樣的選擇嗎？

Vivi：當然。可是這代價太大。現在她一個人
　　　　躺在這裡，什麼都沒有。

士允：她還有你。

Vivi：但她能感覺到嗎？

（士允不知所措望著 Vivi。）

士允：走！我們去吃點東西，你這樣下去不行！

Vivi：我不餓。

士允：你跟誰過不去？

Vivi：不然你也去拿條管子插在我身上。

士允：可是這樣算活著嗎？再拖下去，腫瘤就會
　　　　壓迫到腦幹，你不會想看到海安阿姨受苦
　　　　的。

Vivi：還不到那時候。

士允：她已經放棄急救。

Vivi：你會這樣講，是因為你跟她一點關係也
　　　　沒有。

士允：我知道這很難，但你必須接受。

Vivi：如果真的能接受，你就不會一直待在醫院裡，拿著相機一直拍！你不也是在逃避！不要隨隨便便就把話說得這麼漂亮！

（士允看著Vivi。靜默。）

士允：我承認！我常常在想，我母親死的時候，臉上是什麼表情？想她會有多憤怒、多……You don't see my sorrow! You don't see my regret! What kind of a son let her along to die？

（停頓。）

Vivi：對不起。我只是……很沮喪。（頓）我出去走走，整理一下。

（Vivi準備離去。士允猶豫地從口袋拿出一小張照片，交給Vivi。）

（Vivi凝望照片，驚訝。）

Vivi：為什麼你會有一張媽媽以前的照片？

士允：⋯⋯昨天有個朋友來看攝影展，他給了我
　　　　一張很像海安阿姨的舊照片⋯⋯也許你們
　　　　可以談談。

（Vivi走出病房，看見海寧坐在外頭的長椅上等候。）

Vivi：阿姨。

海寧：接到電話我就趕來了。

Vivi：你怎麼不進去？

（海寧沉默，一臉黯然。Vivi在海寧身邊坐下。）

海寧：剛才走進醫院，我在大廳看到海安的照

片。

Vivi： 那是士允拍的，媽媽剛入院的樣子。

海寧： 她變很多嗎？

Vivi： 跟哪時候比？

海寧： 現在。

Vivi： 可能跟妳記得的不太一樣。

海寧： 生病之後，她變得又瘦又虛弱，我幾乎認不出來。

（燈光轉換，帶出往昔時光。海寧走近海安。海安此時是還可以下床作點事情的身體狀況。）

海安： 大姐。

海寧： 海安。

海安： 你來了。坐。

（海安在海寧身旁坐下。）

海寧：我已經聯絡國威，他答應讓女兒來看你。

海安：謝謝。

海寧：海安，你……

海安：這裡環境不錯，從病房看出去是淡水河，
　　　以前我就很想來看看。

海寧：一切都還習慣嗎？

海安：這裡什麼都有。

海寧：還缺什麼？我去買。

（海安看著海寧。）

海安：缺你。

（海安握住海寧的手。靜默。）

海寧：那時候我心裡在想……上回我們像這樣坐
　　　在一起講話，是好久好久以前的事了。

海安：很久沒看到你。

海寧：十幾年了吧。

海安：大姐。

海寧：嗯？

海安：對不起。把你的生活都搞亂了，以前和現在都是。

海寧：我現在當保險專員，天天往外頭跑，什麼都自己來。我現在每個月可以賺四萬二千三百二十八塊，也挺好的！

海安：我很怕你不想看到我。

海寧：以前是！我甚至希望你永遠不要再見到你！

海安：你跟姊夫的事，對不起。

海寧：其實我一直都知道他在外面有別的女人。我只是沒有勇氣，不敢說出來。怕如果離婚了，我就沒有地方可以去。（頓）你還會想到那個男人嗎？

海安：……最近我常常想到謝雪紅……可惜我已經沒有時間把它說出來。

海寧：亂講，你會好起來的。等你好起來之後，
　　　搬來跟我住，我來照顧你。

海安：當醫生說我腦袋裡長了一顆腫瘤，我忽然
　　　覺得好輕鬆，好像到那時候，我才真的從
　　　牢裡被放出來。現在我才真正能體會，謝
　　　雪紅走過的那些路。

（停頓。）

海寧：（對 Vivi）海安希望最後可以見到妳。

Vivi：為什麼隔了那麼久，才想到我？

（海寧回頭望向海安和 Vivi，她們倆人的視線和話語，
都落在她身上。）

Vivi：我什麼都沒帶，以為很快就可以回去。
　　　我會繼續過我的生活，像以前一樣。

海安：我弄丟的兩個小孩。一個消失在我的肚子

裡，一個不在我身邊。

Vivi：像是昨天才剛剛發生一樣，她就在那裡。

*海安：*我什麼都沒帶，只有兩本薄薄的，字。

Vivi：為什麼陪在她身邊的人不是我？

*海安：*我是個糟糕的母親。

Vivi：我來這裡只想問她

*海安：*如果女兒來了，站在我面前。

Vivi：你還記得我嗎？／*海安：*她還會，愛我

　　　嗎？（同時）

海寧：（走向Vivi）在她心裡，你從沒離開過。

Vivi：也許她想找的根本不是我。

*海寧：*當然是你！那個小孩，在海安被逮捕入獄

　　　的時候流掉了。

（停頓。海寧內心掙扎，歉疚。）

*海寧：*其實張崇煇曾經來找過我。

Vivi：什麼時候？

海寧：幾年前他回台灣，希望我告訴他海安在哪裡。

Vivi：可是他沒有去找過媽媽！

海寧：因為我沒有告訴他。

Vivi：為什麼？

海寧：那時候我剛離婚，覺得自己一無所有！我騙自己說這是為了海安好，但其實我很忌妒。

Vivi：所以媽媽一直不知道這件事？

海寧：這個祕密藏在我心底很久，現在已經沒有機會告訴她了。

（海寧進入病房。）

（Vivi坐在椅子上，像是突然想起什麼，拿出先前的照片，仔細看了起來。）

（燈暗。）

第十二場
謝雪紅的單人旅行之五 真實與虛構

（白幕上出現《謝雪紅傳》的某一頁文字。不久，字句間緩緩浮現手寫批註。）

（書頁文字：一九三一年，謝雪紅被捕入獄，遭到多次刑求。在諸多黨內同志紛紛轉向懺悔之際，依然堅持不上手銬，有尊嚴地前往法院受審。諾大的法庭，滿是黑壓壓人群，謝雪紅激昂抗辯的聲音，迴響在每個人心中，久久不散。但隨之而來的，是漫長且無盡頭的牢獄監禁，還有瀕臨死亡的病痛。）

（批註：在獄中的孤獨時刻，她都在想些什麼？會不會，像我在牢中體會過的那種安靜無聲，跟死亡一樣冰涼的沉默。）

（以下女子由Vivi飾演。她站在桌前一臉堅毅，彷彿面對著巨大敵人的審問，卻毫無懼色。）

女子：（覺得荒謬可笑）我有罪？我到底哪裡有
　　　罪？我不叫謝氏阿女，我叫謝雪紅！我不
　　　住在京町四丁目二十二番地，我住在台北
　　　監獄！你問我的工作？你不是很清楚嗎？
　　　我的正職是共產主義運動！賣文具和書？
　　　那是副業！

（四周傳來人群推擠聲響，夾雜著日本警察高聲喝
斥。）

女子：你們都說我有罪？我們追求自由和尊嚴錯
　　　在哪裡？你說我們組織台共是在作夢，難
　　　道作個夢也要關十幾年嗎？你說我們是洪
　　　水猛獸，是破壞秩序的壞分子！你怎麼不
　　　去外面看看，民眾給我們支持，沒人對我
　　　吐口水！
女子：你們的法庭上，可以給被告綁繩子，戴手
　　　銬嗎？看看他們！他們一個個被你們銬上

手銬，低頭發抖，可怕嗎？那你們到底在怕什麼？

（女子猛烈拍桌。）

女子：我抗議！我抗議！我抗議！

（女子抬頭望桌子前方，像是對著另一個人。）

女子：我不會認罪的！古屋律師！你也糊塗了嗎？就為了我可以少幾條罪，整個台共的歷史都給推翻了！這算什麼？就算他們給我十幾條罪，十幾年刑期，我也不怕！

（女子忽然安靜坐下，望著桌子另一頭，惆悵失語。）

女子：二姐來監獄裡看我，說起以前的苦日子，說她現在唯一的盼望是和我一起過下半

生，彼此能有些安慰。我看著她，一句話也沒說，眼淚掉了下來，又趕快擦掉……

（女子臉容更加黯淡。）

女子：一九三一年的最後一天，革命同志片山潛的死訊傳來。這一年的最後一天，我想起那個留長髮的老人。想起在冰天雪地的莫斯科，我們偶然相遇，他把我當成女兒一樣照顧。我的另一個爸爸，我們再也無法見面了。

（停頓。）

女子：半夜冷得睡不著覺，是誰把風雪引到我的夢裡來。

（女子緩慢地背過身去。）

女子：將近八年的時間，我被單獨監禁，像是一
　　　場無法醒來的惡夢。夜裡安靜無聲，有一
　　　隻偷跑進來的白貓和我作伴。夜裡，我反
　　　覆想著我的一生。感覺時間一點一點走
　　　遠，地上的月色一點一點淡了。身體越來
　　　越冷，比地板還要冰涼。死亡很近，緊緊
　　　貼著我，就快要擊垮我了。

（場上燈光大閃。飛機聲。遠方爆炸聲響。）
（燈光給海安焦點，近處心跳停止聲。）
（近處爆炸聲響。）

女子：一九三八年二月二十三日，我在獄中聽見
　　　爆炸聲。那是台灣第一次遭到飛機襲擊。
　　　我聽見，彷彿是時代將要再次轉動的聲
　　　音。

（燈暗。）

第十三場
等待自己成為自己

（今二○一○年，第十一場時間之後。）

（Vivi獨自坐在醫院長廊的椅上，身後有長長人影。）

（士允走近，看到Vivi，在她身旁坐下。）

Vivi：我聯絡上台南那家舊書店的老闆，他告訴我，張崇煇的兒子曾經去問過關於那本《謝雪紅傳》的事。（頓）那個人就是你。

士允：所以你都知道了。

Vivi：打從一開始你就清楚所有的事？

士允：不是這樣的。

Vivi：那你為什麼要接近她？媽媽入院不久，你就向醫院提出攝影計畫。

士允：我很想知道她是誰⋯⋯

Vivi：是張崇煇叫你來接近我母親的？

士允：我父親什麼都沒對我說過。

Vivi：他人呢？

士允：過世了。幾年前的一場車禍。

（停頓。）

士允：我父親去世後，我整理他的東西，發現那張我給你的舊照片。照片背面寫著曹海安的名字，就夾在那本《謝雪紅傳》裡。

Vivi：那能代表什麼？

士允：有幾次，我看到我父親望著那張照片的神情……那種眼神，從來也沒有出現在我母親身上。（頓）當我從網路上偶然讀到關於海安阿姨的報導，我就決定要回台灣，好好弄清楚這件事。

Vivi：所以你幫我母親拍照，也只是為了要挖出更多祕密？

士允：我的鏡頭只捕捉真實。

Vivi：你的鏡頭只能保存過去，但永遠都無法
　　　改變，就像你父親……當他選擇沒去車
　　　站，他就永遠錯過了。

士允：你知道嗎？最近我才知道他曾經回台灣找
　　　朋友出版那本書。
　　　我所認識的他，整天守著一家舊書店，誰
　　　也無法靠近，一輩子躲在一個假名字裡。

Vivi：你還記得《水上組曲》嗎？其實那個永
　　　遠在張望的船夫和女人都是媽媽。我一直
　　　在想，也許媽媽在火車站等的人，不是張
　　　崇輝，是她自己。她在等待一個真正可以
　　　掌握自己未來，不再害怕的曹海安。

（停頓。）

Vivi：我決定讓醫生執行拔管。走了這麼長的
　　　路，她應該要好好休息了。

士允：那你呢？

Vivi：做我該做的。

士允：你錯過了劇團巡演？

Vivi：我會演更多的戲，給媽媽看。

士允：我還會遇見你嗎？

Vivi：如果你來，找一個叫梁靜的演員。

士允：梁靜？

Vivi：我叫梁靜。這是我的母親，給我的名字。

（燈暗。）

第十四場
謝雪紅的單人旅行之六 在夢中

（白幕上出現《謝雪紅傳》的某一頁文字。不久，字句間緩緩浮現手寫批註，字跡顯得散漫凌亂。）

（書頁文字：「船啟航後不久，在海洋的水平線上，故鄉的山河顯現出來了，我向它做最後一次道別。不知道什麼時候還可以再回來，回到我們認識的人身邊……」一九四七年，謝雪紅渡海離開台灣，離開她鍾愛的土地，沒想到這一別，至死都無法回來。）

（批註：「我該去找你嗎？崇輝你在哪？你還會記得一個叫曹海安的女人嗎？」）

（布幕開始飄動，海洋一樣的韻律，彷彿藍色水波，以及霧一般的感受。）

（燈亮，由Vivi飾演女子。）

（飾演楊克煌的老人坐在輪椅上持續書寫，如同序場；海安飾演謝雪紅，她提著一只行李箱。從非常靠

進觀眾的地方，提著皮箱開始平緩地往上行走，朝向
舞台高處的老人。）

女子：時間總是走在我們前面。
　　　二二八的抗戰還沒打完，我們又踏上了逃
　　　亡的旅程。

（停頓。）

女子：在我身後，敵人用五種語言通緝我。
　　　活捉三十萬，死的二十五。
　　　在我面前，那條翠綠的山路非常幽靜。
　　　那條通往竹山的路，有你在我身邊。

（停頓。）

女子：（扮演其他人）你快走吧，這裡不能留你，
　　　你會害死我們的。

女子：（扮演其他人）……聽說是一個女的，怎麼會有這麼大本領，會開槍，還女扮男裝……

女子：（扮演其他人）我兒子在廣播裡聽到謝雪紅的名字，立刻跑去支援抗爭，結果就沒有再回來。

（謝雪紅的步伐卻是越來越緩慢沈重。）

女子：克煌。前方的路越來越窄。在那個小小碼頭旁，最後逃生的機會是一艘軍方巡邏艇。我們將離開這塊土地，到廈門去。不知道，什麼時候才能回來？

（停頓。）

女子：天濛濛亮的時候，你的女兒翠華陪你走過最後一段路。（女子和謝雪紅錯身）

女子：你沒回頭，沒說一句道別的話，就走出了
　　　她的視線。可能因為那天早上有霧。你
　　　說，眼睛才什麼都看不清楚。

女子：時間總是走在我們前面，但我累得跟不上
　　　了。

（謝雪紅走近老人，近看楊克煌書寫著。）

女子：好像從來都沒有機會，像這樣和你安安靜
　　　靜坐一下。

（老人停下手中的筆。）

女子：昨天我做了一個夢，夢到我死了。你在
　　　我的臉上，蓋了一塊紅布，在我耳邊小
　　　聲地說「還來不及去登記，但你已經是
　　　我的妻子。」

（楊克煌望著謝雪紅，手上的筆掉落地上。）

女子：有天當我離開，你就再也找不到我了。

（謝雪紅溫柔觸碰老人的臉。）

女子：以後你會怎樣記得我呢？

（燈漸收。）

尾場
梁靜

（今二〇一二年。）

（士允從觀眾席旁出現，手上拿著一個紙袋。Vivi 從門口走入舞台，身上還穿著戲服，她去觀眾席底下拿起一個保溫瓶，抬頭，剛好看見士允。）

士允：我來找一個叫梁靜的演員。

Vivi：禮物和花交給前台工作人員就行了。

士允：這是我在路上刻的一個小佛像，送給你。

Vivi：謝謝。

（兩人相視而笑。）

士允：你都沒變。

Vivi：我臉上有妝。

士允：（望著Vivi，笑）第一次看你演戲！

Vivi：（笑，得意貌）宋家三姊妹，喜歡嗎？

士允：真不知道一個人怎麼扮演三個角色？

Vivi：每個人不都是這樣！

（Vivi笑。）

士允：不過你演宋慶齡比演宋美齡好！

Vivi：哈哈，你還不錯嘛。是啦，我承認。

士允：既強悍又美麗，堅持作自己，決不服輸！

Vivi：那你現在拍什麼？

士允：喔，我已經不在醫院了，我現在什麼都
拍！到處走、到處晃！我從很熱很熱的印
度德里，一路拍到像是可以摸到天空的西
藏。（士允握住Vivi的手）有天，我才突然
發現，我從來都沒有拍過我自己。

Vivi：樣子一定很矬吧！

士允：（停頓，凝望Vivi）可是不管我怎麼拍，好

像都少了什麼？所以我回來，想補上那塊
缺口。

Vivi：那是什麼？

（兩人對望。燈漸暗。劇終。）

＊此版本，按創作社二〇一二年與二〇一三年演出修
訂。

首演資訊與製作團隊

《逆旅：一個關於謝雪紅的單人旅行》Self Re-Quests

二〇一二年十一月三十日至十二月一日，共計三場，桃園，國立中央大學黑盒子劇場。

二〇一三年十一月二十九日至十二月一日，共計四場，臺北，水源劇場。

創作社劇團（Creative Society）

戲劇指導 周慧玲

製作人 李慧娜

導演 徐堰鈴

編劇 詹傑

主演 謝瓊煖、呂曼茵、張詩盈、雷煦光、李明哲

旁白聲音演出 李易修

特別演出 李昀蓁

舞臺設計 王孟超

燈光設計 黃諾行

服裝設計 謝介人

音樂設計 王榆鈞

影像設計 陳建蓉

平面設計 戴翊庭

攝影 陳又維

導演調度概念：夢境中的泛音

文／徐堰鈴（中國文化大學戲劇系副教授）

　　我從兩個角度開始去思考，如何執導詹傑所寫的《逆旅》。一是謝雪紅留下的遺言的最後一句話「我這一生也曾犯過錯」；一則是詹傑和我分享的，一些臨終者的生活照，和死亡幾分鐘之後的照片，那真實是一個攝影師的計畫。我從這兩者最觸動我的地方，開始看待政治舞台，以及，極其平凡的死亡，然後去思考、感覺：謝雪紅／海安究竟想說什麼？由以上兩個令我著迷的觸動而來，我領悟到各種形式的書寫紀錄，其實背後只會有更多的弦外之音。那些聲音在此劇中，是充斥著辯論喧嘩，而後又撞擊出強大安靜的，有著無言以對的悲傷。

我想用「泛音」來說明導演主要的概念和調度。在聲音學上，一個聲音有許多頻率，把泛音也呈現出來，是將劇本中無法文字的部分，讓感受，更立體。戲中三個女人：謝雪紅、海安、梁靜，是這齣戲的敘事主線。尤其戲中戲結構「謝雪紅的單人旅行」系列中，原本編劇的設計是讓梁靜飾演謝雪紅，和編劇溝通過後，討論後改成由海安來扮演謝雪紅，並且讓原先的獨白，在後來改變成海安＋海寧＋梁靜，三女幾種不同的組合，使得謝雪紅的意見和願望，成為代表多數女人的心聲。

「謝雪紅的單人旅行」系列場次，都有配樂都像在夢裡。我安排讓Vivi慢慢「接棒」去扮演母親海安所扮演的謝雪紅。尤在第十場母女倆同時扮演謝雪紅，這般處理，凸顯了扮演的雙義性：海安和Vivi兩人雙聲扮演喬裝成吳碧玉，躲過日本軍的情節，舞台上，卻有母女相會、互相瞭解補充話語的畫面，也在這場「扮演他人」的

小子題之後，第十二場之後，則由身為演員的Vivi一人扮演謝雪紅，此目的就是要讓海安更瞭解謝雪紅，也讓梁靜更瞭解母親海安。第十四場，Vivi成為說故事的人，聲調上更客觀。但是舞台上，依依不捨的動作扣人心弦，此時，她台詞上說的是楊克煌當年要離開自己的女兒時的畫面，但在演出時候如夢境的氣氛裡，海安扮演謝雪紅，和楊克煌重逢了。

「演員扮演」兩種角色以上，使得真實的身體／身分，是更多義的光譜範圍。比方飾演海寧的角色和老闆娘是同一位演員呂曼茵，他們都是謝雪紅和海安生命中，占有很重要的情誼，也相映出女性其作為之對比。這齣戲的女演員，都扮演了兩個以上的角色，謝雪紅的聲音也被重唱著，為的就是女人在政治舞台、戲劇舞台、家庭主婦之間，在演出中讓觀眾看到她們的欲望，不同人生表現的可能性。

當然，「場」與「場」之間的關係，好像某

種日有所思夜有所夢的因果，這種裡外情境的順序累積，有時也會「泛指」到其他的情境。所以我也用了後設的「凝視」，除了鏡頭的凝視，也出現在角色的回憶裡，以便角色們可以穿梭舞台，來回記憶和現實之中，但是，都先有一個稍長的「凝視」動作。

最多的是演員雷煦光扮演了三個角色（第三個角色是真正歷史中存在的楊克煌），因為他相較於國威，特出之處在於寫作與攝影，這兩種書寫角度，而在此劇中，劇本裡所蘊含的自由與關懷，期望全落在這兩種書寫體的化身，因此，我幾乎是無中生有地，去想像攝影師經歷故事的內在動線，然後把它具現成舞台上，幾近夢境氣氛下的走位路線，把一個攝影師張士允的「呈現」與「觀看」，象徵性地表現出來。例如第三、第八場執行幻燈投影部分，呈現可能有另一個人深入了解海安的「革命」與「愛情」；第一個過場中，表現了一個「現實＆意識的對看」，表現劇

場身分交換的趣味，以及張士允攝影師的內心凝視；第四（現實）、第六（遁入夢境）場的攝相與甚至對話。男女的互相瞭解與支持，更是人性的故事，也是兩位女性願望的被瞭解。攝影師在劇本之外，劇場之中，是導演此劇時，我所採用「泛音」手法的第二種具現。

第三個重要的「泛音手法」，出現在視覺的幻燈、投影上。這個想法也是來自劇本中攝影師角色的延展。在第三場中，在原本劇本的內容外，增加了投影和幻燈部分，內容是謝雪紅與海安兩年代的農村勞力生活景象（尤其特別是女性職業的關照），以增強現今觀眾對於當時代氛圍的體會；在第八場中幻燈的內容，則是台灣政治史政治情侶組的身影，這是為了強調，在愛情裡是不分黨派和政治歷史的，想像謝雪紅曾被歷史書寫的欲望空白頁。攝影師在劇中提到的「拍兩張照，中間，濃縮了一生」，在演出中，只出現了第二張照片，但是卻是緩慢而動態的，這點，

改變了劇情中應該是了無生氣的那張照片，一絲絲動態的微笑，賦予對劇中人物海安的同情。

而此劇「泛音」不同層面的型式，不僅坐落在劇本結構中，當然，也落實在劇場觀眾聽見的聲音裡，例如：在幕未起的黑暗裡，觀眾第一聲聽見，就是吉他旋律《水上組曲》的「泛音演奏」。音樂性在此劇中，是很重要的，因為這個戲訴說女性的內在更多。我看見舞台設計所設計像梯田一樣的不同平面，自然形成了不同的音階。階高幻成視覺的音樂性，最有表現的就是第六場，三個女人都是謝雪紅的化身，傳接皮箱、行走奔跑，這些都是辛苦的路徑，演出始末，海安的走位也是如此，一如她自幼至終一生奔波。而謝雪紅在戲中戲的主旋律，在音樂設計裡，我們選擇了斯拉夫系列的一些曲式，參照進行曲或民謠，去表現謝雪紅命運轉折著的劇變，確非我們熟習的路徑。另外，雖然劇本中刻意壓低謝雪紅經常被提及的政治活動，但在演出中，第十二

場還是充滿了槍林彈雨、政宣廣播、炮轟空襲等等的聲音背景，因為謝氏那樣被戰爭侵襲的時間點，卻是劇情裡海安病危的最後時刻，Vivi面對的，就是內心戰爭的摧毀，Vivi抗拒母親即將過世的暗渡，以及，Vivi即將重生的時刻，因為她徹底地體驗了，面對「認識母親，再度得到母親，又再度失去母親」的經驗。

「我就這樣任由命運策動我的荒謬表演」，這句台詞是我強加上去的，演員演出時常覺得拗口，卻似乎就是我感到的震撼。我很喜歡戲中每個演員所在的位置，他們替角色潤色了不少。煦光和明哲有部分反而增加了角色性格的相反面；類似效果的，也由曼茵、詩盈一人分飾兩角被表達；特別要提瓊煖，她的坦率和熱情，碰觸了我們想像中的真實，她扮演的謝雪紅，不知為何，特別動人。這三位女演員，很赤裸勇敢地訴說脆弱，觀眾可以享受這種成熟的表情，真的很棒！我也很喜歡舞台像座小山，每一個上坡和下坡的

步伐，都不是平整的音樂。還有那些布，對我而言象徵了床單、旗幟、書頁、帆船，以及夢境的氛圍，非常恰到好處的比喻。

謝謝小傑寫了這個戲，喚起我們想要認清自己困境的渴望。

本文寫於二〇一三年。

導演 徐堰鈴

演員、導演、教學，中國文化大學戲劇學系專任技副教授，莎士比亞的妹妹們的劇團駐團導演，曾兼任北藝大戲劇系及舞蹈系。二〇〇三年 ACC 亞洲文化協會表演藝術受獎人、第二屆台新藝術年度觀察—表演藝術類個人特殊表現獎，二〇〇九年入圍金鐘獎女配角。舞台劇編導作品：《去火星之前》、《離開與重返》、《踏青去 Skin Touching》等；舞台表演作品：《如夢之夢》、《寶島一村》、《在棉花田的孤寂》《少年金釵男孟母》、《女僕》、《給普拉斯》、《福春嫁女》等。個人舞台劇本出版：電子劇本《踏青去》、《塵埃》；劇本集《三姊妹》、《踏青》（專論中所附劇本）。電視作品：《彩色寧靜海》、《再歌再舞》。音樂會編／導／演：陳綺貞公益音樂會《2012 Pussy Tour不在他方》。

舞台設計手稿

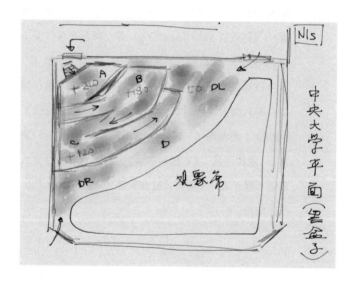

逆旅

王孟迅

舞台設計手稿

逆旅

2012. 6. 王毛之

舞台設計 王孟超

現為臺北表演藝術中心執行長，畢業於南加州大學舞台燈光設計碩士，投入劇場超過三十年。曾任雲門舞集的資深製作經理和舞台設計，作品如《水月》、《流浪者之歌》等，也為台灣許多知名表演團隊擔任舞台及燈光設計或技術指導，如雲門舞集、表演工作坊、國光劇團、屏風表演班、當代傳奇劇場、明華園等台灣知名表演團隊。曾任年台北聽障奧運會開幕的舞台設計總監，二〇〇七年布拉格劇場四年展評審委員及台灣參二〇〇九年展召集人，台灣館榮獲「最佳劇場技術運用金牌獎」；二〇〇四年於波蘭華沙總統官邸獲頒「雪樹國際成就獎」，二〇一四年獲頒國家文化藝術基金會「國家文藝獎」。二〇一六年至二〇二一年三月擔任臺北表演藝術中心總監，現擔任臺北表演藝術中心執行長。

服裝設計手稿

第三場 單人世界

謝雪紅

海寧

海安

Vivi

第六場
單人狼行

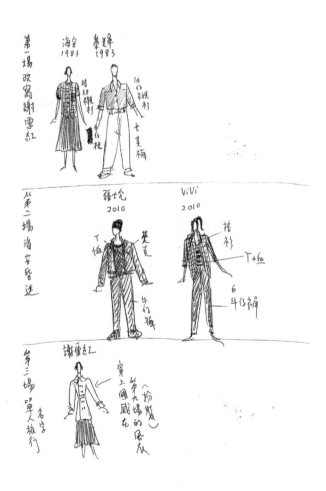

第一場 改寫謝雪紅

海安 1983　樂群 1983

格玫襯衫

卡其襯衫

卡其褲

第二場 追安昏迷

張＋允 2010　ViVi 2010

T恤

英克

牛仔褲

格衫

T+恤

白仔褲

第三場 單人旅行

謝雪紅

穿上國威在（場戲）第九場的風衣

名字

服裝設計手稿　　　　173

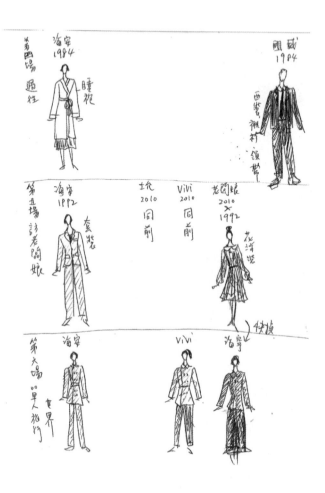

第四場
過往

海安
1984
睡袍

國威
1984
西裝、襯衫、領帶

第五場
訪老闆娘

海安
1992
套裝

坑
2010
同前

ViVi
2010
同前

老闆娘
2010
×
1992
花洋裝

快換

第六場
只是人相約

海安

ViVi

海安

服裝設計 謝介人

服裝造型設計師及時尚專欄作家。畢業於紐約 FIT 服裝設計學院。一九九〇年代開始從事參與紐約外百老匯及外外百老匯舞台劇服裝設計工作。二〇〇三年自紐約回台，除了繼續舞台劇的服裝設計，並開始時尚媒體界的工作。曾任 GQ 與 Harper's Bazaar 時尚總監職務，負責雜誌封面拍攝的造型企劃與執行。合作過的明星包括好萊塢男星萊恩雷諾斯、奧蘭多布魯、韓星蘇志燮、始源、李棟旭、超級名模辛蒂克勞馥、可可羅洽、棒球明星陳偉殷及台灣明星張孝全、阮經天等人。台灣舞台服裝設計作品包括創作社《逆旅》、《愛滋味》、《少年金釵男孟母》及《夜夜夜麻三部曲》、雲門舞集二《預見》、采風樂團《西遊記》、NSO《落葉・傾城・張愛玲》、歌劇《諾瑪》、《遇見幾米》、動見体劇團《仰觀蒼穹四百年-伽利略的一生》、人力飛行劇團《公司感謝你》、《櫻桃園2047》等。

VO00024

逆旅：一個關於謝雪紅的單人旅行（劇本書）

作　　　者—詹傑
資 深 主 編—謝鑫佑
校　　　對—謝鑫佑、詹傑
企　　　劃—廖心瑜
資深企劃經理—何靜婷
封 面 提 供—創作社劇團
封面劇照攝影—陳又維
美 術 設 計—蔡南昇

董 事 長—趙政岷
出 版 者—時報文化出版企業股份有限公司
　　　　　一〇八〇一九台北市和平西路三段二四〇號四樓
　　　　　發行專線—（〇二）二三〇六六八四二
　　　　　讀者服務專線—〇八〇〇二三一七〇五
　　　　　　　　　　　（〇二）二三〇四七一〇三
　　　　　讀者服務傳真—（〇二）二三〇四六八五八
　　　　　郵撥—一九三四四七二四時報文化出版公司
　　　　　信箱—一〇八九九台北華江橋郵局第九九信箱
時報悅讀網—http://www.readingtimes.com.tw
文化線粉專—https://www.facebook.com/culturalcastle/
法 律 顧 問—理律法律事務所　陳長文律師、李念祖律師
印　　　刷—勁達印刷有限公司
初 版 一 刷—二〇二一年六月十八日
定　　　價—新台幣三〇〇元
（缺頁或破損的書，請寄回更換）

時報文化出版公司成立於一九七五年，
一九九九年股票上櫃公開發行，二〇〇八年脫離中時集團非屬旺中，
以「尊重智慧與創意的文化事業」為信念。

本書獲得國家文化藝術基金會戲劇類出版補助

逆旅：一個關於謝雪紅的單人旅行（劇本書）/ 詹傑作. -- 初版. --
臺北市：時報文化, 2021.06
176面；12.8X18.5公分
ISBN 978-957-13-9075-8(平裝)

854.6　　　　　　　　　　　　　　110008428

ISBN 978-957-13-9075-8
Printed in Taiwan